RÉPUBLIQUE FRANÇAISE

Liberté — Égalité — Fraternité

DÉPARTEMENT DE LA SEINE

DIRECTION DES AFFAIRES DÉPARTEMENTALES

ÉTAT DES COMMUNES

A LA FIN DU XIXᵉ SIÈCLE

publié sous les auspices du Conseil Général

ROSNY-sous-BOIS

NOTICE HISTORIQUE

ET

RENSEIGNEMENTS ADMINISTRATIFS

MONTÉVRAIN

IMPRIMERIE TYPOGRAPHIQUE DE L'ÉCOLE D'ALEMBERT

1900

ROSNY-SOUS-BOIS

MONOGRAPHIES

RÉPUBLIQUE FRANÇAISE
Liberté—Égalité—Fraternité

DÉPARTEMENT DE LA SEINE

DIRECTION DES AFFAIRES DÉPARTEMENTALES

ÉTAT DES COMMUNES

A LA FIN DU XIXᵉ SIÈCLE

publié sous les auspices du Conseil Général

ROSNY-sous-BOIS

NOTICE HISTORIQUE

ET

RENSEIGNEMENTS ADMINISTRATIFS

MONTÉVRAIN
IMPRIMERIE TYPOGRAPHIQUE DE L'ÉCOLE D'ALEMBERT

1900

NOTICE   HISTORIQUE

ROSNY-SOUS-BOIS[1]

Anciennement, communauté de la Généralité et de l'Élection de Paris, paroisse du doyenné de Chelles.

De 1787 à 1790, municipalité du département de Saint-Germain et de l'arrondissement de Saint-Denis.

De 1790 à l'an IX, commune du district de Bourg-la-Reine (supprimé en l'an III) et du canton de Montreuil.

De l'an IX à 1893, commune de l'arrondissement de Sceaux et du canton de Vincennes.

Actuellement, en vertu de la loi du 12 avril 1893, commune de l'arrondissement de Saint-Denis et du canton de Noisy-le-Sec.

1. Il n'y a en France qu'une autre localité du même nom : Rosny-sur-Seine, au département de Seine-et-Oise, arrondissement de Mantes.

I.— FAITS HISTORIQUES

Le bourg de Rosny-sous-Bois appartient à cette région très pittoresque des environs de Paris qui domine la vallée de la Marne et la sépare de celle de la Seine avant le confluent des deux cours d'eau. Il occupe les deux flancs d'un vallon au fond duquel a dû couler jadis un ruisseau dont le lit serait représenté aujourd'hui par la ligne du chemin de fer de Mulhouse. La plus ancienne forme de son nom, *Rodoniacum*, date du IXe siècle; conformément aux lois de l'étymologie, elle signifie : terre appartenant à *Rodenius*, personnage de l'époque gallo-romaine. Toute autre explication serait de pure fantaisie. Ce n'est qu'au XVIIIe siècle, — comme on le verra plus bas, — qu'on ajouta la mention : sous bois, c'est-à-dire sous le bois de Vincennes, cette forêt s'étendant alors vers l'Est plus que maintenant, et la dénomination, ainsi complétée pour éviter la confusion avec Rosny, voisin de Mantes, a été définitivement fixée par le décret du 2 mai 1897.

Donc, le nom de Rosny apparaît pour la première fois dans l'histoire vers la fin du IXe siècle; c'est lorsque l'on rapporta à Paris le corps de sainte Geneviève, que l'on avait mis à l'abri des invasions normandes en le transportant dans le Soissonnais; la relation qui fut faite de ce voyage dit que le cortège passa par *Rodoniacum*, et de là fit son entrée à Paris.

On a la preuve que, dès le milieu du XIIe siècle, l'abbaye parisienne de Sainte-Geneviève possédait la terre de Rosny, qui était dès lors constituée en paroisse. Elle en garda la seigneurie jusqu'à la Révolution. L'ordre des Templiers y tenait d'elle certains biens, sur lesquels les documents conservés aux Archives nationales nous fournissent quelques renseignements : ce sont d'abord deux chartes, l'une de 1183, l'autre de 1209, stipulant l'amortissement de ces biens par l'abbaye; une charte de juin 1224, par laquelle les religieux de la maison du Temple cèdent à l'abbaye de Sainte-Geneviève tous leurs droits sur la paroisse de Rosny, à l'exception de la masure d'Ancher, et cèdent aussi leurs biens de Montreuil, à l'exception des vignes situées près de leur pressoir en ce lieu ; ils reçoivent, en échange, de l'abbaye, la censive qu'elle possède à Paris, dans la Cité, près de l'église Sainte-Geneviève la Petite (L. 887).

D'autre part, il existe un acte de janvier 1226 (n. s.), aux termes duquel Dreux, prieur de Notre-Dame de Gournay, vend à l'abbaye, moyennant 37 livres parisis, un cens de dix sous parisis, que son prieuré percevait sur le territoire de Rosny (*ibid.*).

L'abbé Lebeuf, qui a écrit au XVIIIᵉ siècle la seule notice historique que nous ayons eue jusqu'ici sur Rosny, raconte avec détails un procès que les habitants du lieu soutinrent contre l'abbaye de Sainte-Geneviève, de 1179 à 1226, pour établir qu'ils n'étaient pas ses serfs. Un duel judiciaire fut décidé ; si le champion des habitants y était vaincu, c'était la preuve qu'ils étaient bien serfs ; mais, au dernier moment, ce champion ne se présenta pas. On a peine maintenant à croire que des pratiques aussi primitives aient pu exister et être admises commes légales. Le pape intervint, et, comme on pouvait le prévoir, donna raison à l'abbaye. L'abbé Lebeuf ajoute en manière de conclusion : « On peut voir par cet exemple jusqu'où l'opiniâtreté de simples paysans et pauvres serfs fut poussée, et juger qu'apparemment il en coûtoit très peu pour plaider. » Il n'en est pas moins vrai qu'en 1246 les pauvres serfs durent payer leur affranchissement au prix de 60 livres de rente.

Pendant la domination anglaise, au mois de juin 1425, Henri VI, roi d'Angleterre, donna à son secrétaire, Étienne Bruneau, « vingt sols parisis de rente sur une petite maison, avec huit arpens de terre et deux arpens et demi de vigne appartenans audict hostel, assis en la ville et terroir de Rosny, qui furent maistre Pierre Ferron..... [1].»

La lutte que l'abbaye de Sainte-Geneviève avait eu à soutenir contre ses vassaux de Rosny, au XIIIᵉ siècle, n'était-elle pas encore oubliée cinq cents ans après ? On le croirait presque, à lire ce qui se passa dans le village, le 7 septembre 1760. Ce jour-là, Étienne Cottereau, prévôt de Rosny pour l'abbaye de Sainte-Geneviève, donna acte à messire Simon-René de Courtoux, chanoine et procureur général de cette abbaye, que ledit jour, sur la grande place de Rosny, avait été « posé et planté

1. A. Longnon, *Paris pendant la domination anglaise* ; 1878; in 8°, p. 174.

un poteau de bois de chesne peint en couleur rouge, de la longueur de douze pieds, y compris son scellement, et de trois pieds et un pouce et demy de grosseur de pourtour dans son milieu, à la teste duquel, sur deux faces, sont attachées les plaques peintes aux armes de ladite abbaye, qui sont une crosse et une mitre en teste avec les trois fleurs de lis en écusson, auquel poteau, à la hauteur de six pieds de terre, est attaché un carcan de fer supporté par une chaîne en trois mailles aussy de fer, tenant au dit poteau......», en présence de plusieurs habitants de Rosny : Jean Lescuyer, voyer de la seigneurie ; Thomas Lescuyer, huissier ; Étienne Mauregard, marguillier ; Toussaint Bureau, vigneron ; Jean-Baptiste Dutillet, marchand ; Étienne Laruelle, serrurier ; Pierre Bréa, maître d'école [1].

En 1787, dans la nouvelle organisation administrative de la France, créant une assemblée provinciale pour chaque Généralité et formant pour la première fois, avec les Élections, des départements et des arrondissements, Rosny fut attribué au département de Saint-Germain et à l'arrondissement de Saint-Denis. Pendant les deux années qu'elle siégea, l'Assemblée de Saint-Germain n'eut pas à s'occuper du village.

Un orage le dévasta l'année suivante, ainsi que le constate ce procès-verbal, extrait du premier des registres municipaux conservés à la mairie :

L'an 1788, le 14ᵉ jour de juillet, à 4 heures de relevée, en l'assemblée des habitans de la paroisse de Rosny sous le Bois de Vincennes, faite au son de la cloche en la manière accoutumée en la maison seigneuriale, sur la requisition du sieur Jean-Jacques Mauregard, syndic de la paroisse.

Lesdits habitants ont dit que, le jour d'hier, à 9 heures du matin, il y a eu un orage affreux où il est tombé une grêle d'une grosseur extraordinaire qui a ravagé tout le territoire du pays sans aucune exception, de sorte que les grains de toute nature, les vignes, les légumes de toutes espèces, les fruits et toutes autres productions de la terre sont entièrement perdues ; que cette grêle a brisé la majeure partie des ardoises du clocher et tous les vitraux de l'église opposés au couchant, qu'elle a aussi brisé une quantité de vitres dans la paroisse, que les toits des maisons y ont été endommagés et que le désastre a été si grand qu'il a tué dans la campagne une multitude prodigieuse de pigeons, faisans, perdrix, lièvres et autres gibiers, et qu'il a péri aussi plusieurs volailles dans le pays.....

En conséquence, les habitants réclamaient de la justice et de la

1. Archives nationales, L. 887.

bonté du roi qu'ils fussent, cette année-là et les suivantes, déchargés de toute imposition.

Un peu plus loin, dans le même registre, les dégâts sont évalués à 8.750 livres dont 1.395 supportées par les maisons.

L'intendant alloua une somme de 400 livres à répartir entre les taillables.

Le cahier des « plaintes, doléances et représentations des habitans de la paroisse de Rosny-sous-les-Bois-de-Vincennes, arrêté en l'assemblée générale desdits habitans, mercredi 15 avril 1789 », est un document trop étendu pour que nous puissions le reproduire ici *in extenso*. C'est évidemment le fruit des méditations d'un avocat, d'un jurisconsulte, et comme le prévôt de Rosny, Cottereau, avocat au Parlement, qui a paraphé l'original, se trouve aussi figurer parmi les habitants qui ont signé ces doléances, on peut, sans témérité, l'en regarder comme l'auteur. Le mémoire comporte douze chapitres, précédés de brefs préliminaires ; nous allons les résumer rapidement :

PRÉLIMINAIRES. — Refus de voir procéder en commun par les trois ordres à la rédaction d'un seul cahier, « à moins que les deux ordres du clergé et de la noblesse ne renoncent à leurs exemptions privilèges et à leurs droits sur les personnes et les propriétés des habitans et cultivateurs ou au moins en consentent le rachat.

CHAP. Iᵉʳ. ÉTATS GÉNÉRAUX. — Validité des délibérations par la pluralité des voix individuelles ou du moins par tête et non par ordre. Présidence de l'ordre du tiers état, si les deux autres ordres ne se réunissent pas à lui, par un membre du tiers élu au scrutin, ainsi que le secrétaire. Périodicité des États, ou au moins d'assemblées particulières.

CHAP. II. CONSTITUTION. — Fixation à deux ans après la dissolution des États généraux d'une nouvelle réunion. Assemblée extraordinaire en cas de guerre contre l'Etat. Création d'une Commission intermédiaire permanente, composée de membres amovibles et autres que ceux de l'Assemblée générale.

CHAP. III. POUVOIR EXÉCUTIF. — « Article unique. Nous reconnaissons que le pouvoir exécutif appartient au Roi, et nous le supplions de se faire aider dans ses pénibles fonctions par les membres de la Commission intermédiaire. »

CHAP. IV. RETOUR A LA LIBERTÉ NATURELLE. — Suppression des privilèges. Droit pour les propriétaires fonciers de s'affranchir « des cens, lods et ventes, rentes seigneuriales, servitudes réelles et personnelles..., francs-fiefs... ». L'anoblissement conféré non comme privilège d'une charge, mais en raison du mérite. « L'infamie attachée au supplice doit être personnelle ; les enfants du père condamné ne doivent pas participer à la honte ni souffrir la privation des biens du condamné ; les frais seuls du procès pourront être pris sur leurs biens. » — Suppression de la survivance des charges civiles, militaires et de judicature. — Liberté de la presse et surveillance de la vente. — Suppression des capitaineries. — Réduction du nombre des pigeons. — Suppression du droit d'asile.

CHAP. V. FORCES MILITAIRES. — Les forces militaires seront réduites à ce qui est nécessaire pour la sûreté du royaume; les maréchaussées seront augmentées; il sera même établi un service à pied ; les brigades seront obligées de se transporter partout où elles seront requises, gratuitement. — La milice sera abolie dans tout le royaume ; il sera avisé au moyen que les troupes, chargées de la défense de l'État contre ses ennemis, ne deviennent pas les intruments de l'asservissement de la nation ou d'une partie d'icelle.

CHAP. VI. POLICE. — La police exercée par les officiers du Roi seulement. Poursuivre la mendicité et le vagabondage. Admission plus large aux maîtrises. — Nomination et révocation des maîtres et maîtresses d'école par les parties intéressées. — Surveillance des écoles par « le ministère public séculier, et non par les ecclésiastiques ».

CHAP. VII. BON ORDRE. — Élection publique aux charges et offices. Obligation de résidence pour les prélats, abbés pourvus de bénéfices et tous officiers publics. Administration de la justice par les officiers du roi et non par les seigneurs.

CHAP. VIII. FINANCES. — Établissement par les États de la quotité de la dette nationale. Création d'un fonds de réserve pour servir en cas de calamité.

CHAP. IX. IMPOTS. — Abolition de tous les impôts actuels, sauf ceux « qui sont attachés à des réalités faciles à appréhender », tels que la capitation ou les vingtièmes. Défense aux États futurs de consentir la quotité de l'impôt avant d'avoir vérifié et déterminé la quotité des besoins.

CHAP. X. LÉGISLATION. — Rédaction de codes, civil et criminel, uniques pour tout le royaume. Exposé des motifs dans les sentences et arrêts. Publicité des jugements et procès. Suppression de tous autres tribunaux que les tribunaux royaux. Création de tribunaux, par arrondissements de trois à quatre lieues de diamètre, et de tribunaux d'appel pour dix ou douze de ces arrondissements réunis. Abolition de la vénalité des offices de judicature.

CHAP. XI. COMMERCE ET AGRICULTURE. — Unification des poids, mesures et monnaies dans tout le royaume. Liberté absolue du commerce. Défrichement des terres incultes et plantations de bois « surtout dans cette province. » Aliénabilité souhaitable des biens du domaine royal.

CHAP. XII. RELIGION. — Maintien de la seule religion catholique, apostolique et romaine. Protestation contre « le luxe, le faste, l'air svelte et la facilité qu'ont les ecclésiastiques séculiers de vêtir l'habit bourgeois pour figurer dans le monde ». Suppression des dimes. Traitement de 1.500 à 1.600 livres assuré aux curés, de 800 à 900 aux vicaires. Nécessité dans chaque paroisse de deux messes le dimanche avec une instruction à chacune d'elles. Nécessité d'écarter des fonctions de député du tiers état tout noble ou ecclésiastique ou même tout « membre du tiers état jouissant de quelque privilège utile ».

Ce document si important fut signé de :

BUREAU, procureur fiscal, MAHEU, JOIGNEAU, MONTMORÉE, ÉPAULARD, DARLY, JEAN-FRANÇOIS LEVASSEUR, NICOLAS BUREAU, TOUSSAINT BEAUSSE, ANTOINE BRIARD, LENAIN, LOUIS-PIERRE PILLIER, MAUREGARD, syndic, PIERRE JOLY,

Etienne Guérin, Courtois, Drouet, Jean-Etienne Ancelin, Nicolas Gouillard, Pierre-François Gardebled, Cotterreau, Rottin, Levasseur, Marin, commis greffier 1.

C'est dans ces sentiments de réformes et de modération que la Révolution fut accueillie à Rosny. Le premier registre de délibérations nous fournit une preuve que les esprits étaient restés façonnés au respect des volontés princières :

Le 12 septembre 1791, une assemblée des habitants était faite au son de la cloche, à sept heures du soir, pour les informer que « M. d'Orléans, désireux de chasser la grande bête dans la forêt de Bondy, les prévient que, dans le cas où la chasse le porterait dans quelques propriétés et commettrait du délit, il offre de le payer sur le champ. Sur quoi il ne s'est trouvé aucun habitant pour s'opposer au désir de M. d'Orléans. »

Ils furent unanimes à vouloir défendre la patrie quand, l'année suivante, la nation fit appel aux volontaires. Le 3 septembre 1792, tous les habitants ayant été convoqués, « quatorze jeunes garçons, aussi bons citoyens que bons fils », se firent inscrire, puis les citoyens et citoyennes s'approchèrent en foule du bureau et donnèrent à l'envi sabres, fusils, gibernes, argent, afin d'habiller et d'équiper les jeunes volontaires.

Pendant la période dite de la Terreur, l'église devint temple de la Raison. On démolit, pour les vendre, les pierres servant d'autels aux chapelles Sainte-Geneviève et Saint-Nicolas, et celles qui servaient de marches à cette dernière chapelle.

L'invasion étrangère de 1814 allait causer à la commune un préjudice considérable. Évalué par la municipalité à 90.000 francs, il fut réduit par les commissaires à 86.103 francs, mais le gouvernement n'accorda qu'un secours de 1.417 francs.

Le 6 novembre 1814, les membres du Conseil, convoqués par un arrêté du sous-préfet, prêtèrent le serment de fidélité suivant au roi :

Je jure et promets à Dieu de garder obéissance et fidélité au Roy, de n'avoir aucune intelligence, de n'assister à aucun Conseil, de n'entretenir aucun signe qui seroit contraire à son autorité, et si, dans le ressort de mes fonctions ou ailleurs j'apprends qu'il se trouve quelque chose à son préjudice, je le ferai connoître au Roy.

A la date du 21 juillet 1816, le registre des délibérations con-

1. *Archives parlementaires,* t. V, pp. 55-59.

tient, avec d'abondants détails, la relation d'une grande fête qui eut lieu à Rosny pour l'inauguration d'un buste de « Louis le Désiré ». Ce buste fut solennellement promené par les rues du bourg, transporté à l'église, et, de là, à la maison commune, où plusieurs orateurs célébrèrent les vertus de Louis XVIII.

La monotonie de la vie rurale fournit bien peu de faits à l'annaliste. A moins de trois lieues de Paris, Rosny n'avait avec la capitale que des relations fort difficiles ; la grande route par Montreuil n'était pas praticable comme elle l'est aujourd'hui, et les moyens de transport en commun n'offraient pas un service régulier. Ce fut donc avec un vif intérêt que les habitants accueillirent le projet de construction du chemin de fer de Paris à Strasbourg ; le 24 novembre 1846, le Conseil municipal émettait le vœu qu'une station fût créée à Villemomble, avenue du Raincy. Ce n'était de quelque profit que pour le hameau d'Avron ; encore cette gare ne fut-elle ouverte qu'en 1856, la station desservant Villemomble ayant été à l'origine celle de Gagny. La ligne commença à être exploitée, le 16 juillet 1849 ; la gare la plus proche de Rosny était à Noisy-le-Sec, c'est-à-dire fort loin ; aussi le Conseil municipal réclamait-il, par une délibération du 27 septembre 1850, qu'un service de voitures fût installé entre cette gare, le fort et la commune de Rosny. Là encore il échoua ; mais, cinq ans plus tard, il avait la satisfaction de voter, le 28 octobre 1855, le projet d'établissement d'une station à Rosny même, sur la future ligne de Paris à Mulhouse.

Ce fut pour la commune une ère de transformation et d'améliorations heureuses, celle aussi où elle fut dotée d'une église et d'une mairie dignes d'elle. Nous parlons plus bas de ces deux monuments. Il convient de citer ici le procès-verbal de la cérémonie qui accompagna la pose de la première pierre de l'église, le 19 juillet 1857. Le texte s'en trouve parmi les délibérations communales, à sa date :

Cette église est bâtie en partie sur l'emplacement de l'ancienne, et sur un nouveau terrain que la commune a acheté pour la rendre plus longue qu'était l'ancienne, et l'éloigner un peu du trottoir de la rue. Les travaux étaient sous la direction de M. Naissant, architecte de l'arrondissement de Sceaux, sous la surveillance de M. Louis-Alexandre Épaulard, adjoint de la commune, faisant les fonctions de maire, et de M. Allary, curé de la paroisse. L'entrepreneur de la maçonnerie était Louis-Auguste Épaulard, de Fontenay, avec Jules Varnot.

La pose et bénédiction de la première pierre ont été faites conformément au rituel de Paris par M. le curé de la paroisse, d'après délégation donnée par M. Darbois, vicaire général, archidiacre du diocèse, légitimement empêché.

La pierre bénite se trouve, conformément aux lois de l'église, à l'angle droit de la façade ; au-dessous de la pierre, se trouve une incrustation dans la pierre, et dans laquelle l'autorité a placé une plaque en cuivre portant cette inscription :

LA PREMIÈRE PIERRE DE CETTE ÉGLISE A ÉTÉ POSÉE ET BÉNITE PAR L. P. J. ALLARY, CURÉ DE LA PAROISSE, DÉLÉGUÉ *ad hoc*, EN PRÉSENCE DE TOUTE LA PAROISSE ET DES AUTORITÉS DU LIEU, EN PRÉSENCE DE M. NAISSANT, ARCHITECTE, DE M. ÉPAULARD, ADJOINT, FAISANT LES FONCTIONS DE MAIRE, DE L. A. ÉPAULARD, DE FONTENAY, ENTREPRENEUR DE LA MAÇONNERIE AVEC JULES VARNOT.

A ROSNY-SOUS-BOIS, LE 19 JUILLET 1857.

Avec la plaque on a aussi placé quatre pièces de monnaie de l'année. Le tout a été recouvert par une plaque en zinc et scellé avec du ciment romain. La pierre bénite recouvre le souvenir de la commune.

Le présent procès-verbal a été lu publiquement après la cérémonie et signé par toutes les autorités. Une copie a été transcrite sur les registres de la fabrique.

La guerre de 1870 allait peu après faire des ruines et jeter la désolation dans le coquet village. On lira plus loin (p. 18) qu'au nombre des raisons que le Conseil municipal de Rosny produisit, en 1847, pour obtenir la possession du territoire du fort de Rosny, se trouvait celle-ci : « Que les fortifications ont été faites pour rendre la guerre presque impossible autour de Paris, et qu'ainsi il n'y a guère à prévoir la présence de l'ennemi près de la capitale. » Prévision, hélas ! bien injustifiée.

Le 5 octobre 1870, la municipalité dut « se réfugier » à Paris et se réunit d'urgence « dans une chambre servant de mairie, rue Basfroi, nᵒ 31 ». Elle y tint encore séance les 19 novembre 1870, 14 janvier, 2 février et 10 février 1871, et ne revint siéger « au lieu ordinaire de ses séances » que le 15 juin suivant. Pris entre les deux feux du fort de Rosny, et du plateau d'Avron que nos troupes et celles de l'ennemi occupèrent tour à tour, bombardé jusqu'au 28 janvier par nos propres obus, Rosny avait cruellement souffert de l'invasion étrangère. Les dégâts causés aux bâtiments communaux furent évalués, le 29 juin 1872, à 20.849 fr. 53.

De ces désastres, le souvenir seul, encore aigu, est resté au cœur des vieux habitants du village, mais il y a longtemps que les traces matérielles en ont disparu.

Depuis la troisième République, Rosny s'est modernisé, si l'on peut ainsi parler, et le charme de ses coteaux y a attiré beaucoup de Parisiens. Des maisons de campagnes élégantes se sont construites en grand nombre sur les flancs du plateau d'Avron et jusqu'aux confins du département, vers Neuilly-Plaisance.

L'agriculture y est toujours en honneur, mais elle n'y règne plus seule ; à côté d'elle s'est formé un élément de population parisienne, bourgeoise ou vouée aux affaires, qui n'est pas pour nuire, bien au contraire, à la prospérité de la commune.

II. — MODIFICATIONS TERRITORIALES ET ADMINISTRATIVES

Le 5 janvier 1791, la municipalité divisa son territoire en quatre sections ainsi dénommées :

Section des Chênes Changis ;
Section des Marmandes ;
Section des Costes de Noisy ;
Section de la Plaine des Marais.

En 1808, une contestation s'éleva entre la commune et celle de Neuilly-sur-Marne, au département de Seine-et-Oise, au sujet du château d'Avron. Elle est formulée de la façon suivante dans le registre de délibérations, à la date du 15 août :

...En 1791, lors de la division de la France en départements, le château d'Avron et sa dépendance ont été compris dans l'arrondissement du canton de Montreuil et réunis à la commune de Rosny. Cette détermination a été fondée :

1° Sur ce que le château d'Avron et les terres en dépendant sont beaucoup plus à proximité de Rosny que de Neuilly ;

2° Sur ce que constamment les propriétaires ont emprunté le terrain de Rosny pour se rendre à leur domicile, n'ayant pas d'autre route ;

3° Qu'en conséquence, ils ont joui des avantages et prérogatives attachés à la commune, qu'ils y ont joui de leurs droits de citoyens, et notamment le lieu dit la Pelouse de Rosny, pour y faire pacager leurs bestiaux, et cela depuis 1791 ;

4° Que des commissaires ont été nommés, l'un par le département de la Seine, l'autre par celui de Seine-et-Oise, il y a environ trois ans, pour se rendre sur les lieux à l'effet de connaître les motifs qui pourroient militer en faveur de l'un d'eux, et qu'assistés d'indicateurs de la commune de Rosny, les sieurs Paul Mabeu et Philippe Ancelin, ceux-ci assurent que d'accord il a été reconnu qu'Avron et ses dépendances devoient rester contribuables de la commune de Rosny ; procès-verbal a été dressé et a dû être remis à qui de droit;

5° Dans le cadastre du territoire de Rosny, qui a été dressé il y a environ deux ans, et le bornage fait il y a une année, il résulte que ladite propriété est entièrement dépendante de la susdite commune ;

Pour quoi, par ces différents motifs, les terres en dépendant doivent être comprises dans le cadastre du territoire de Rosny;

6° Qu'enfin, ledit château détruit, le peu d'habitations qui y reste appartient à un particulier de Paris qui jouit des mêmes avantages, et notamment celui qui est propriétaire des terres qui est habitant et gros propriétaire à Rosny.

Il faut remarquer une erreur dans cet exposé : en 1808, le château d'Avron n'était pas détruit, mais abandonné ; il ne fut démoli qu'en 1850, et encore en reste-t-il quelques vestiges. Au surplus, la commune eut gain de cause et le plateau lui appartient jusqu'au faîte.

On voudrait avoir des renseignements plus précis sur la redoute de la Boissière, que dès 1831 le gouvernement avait fait construire sur la hauteur à l'extrémité de la commune, du côté de Noisy-le-Sec. Nos recherches ne nous ont pas fourni jusqu'ici d'éclaircissements sur ce système de fortifications (à la même date se construisait à Montreuil la redoute de l'Épine), précédant de neuf années le grand projet de défense de la capitale et de ses abords, que M. Thiers eut tant de peine à faire adopter, et qui ne s'effectua que de 1840 à 1850.

Toujours est-il qu'une délibération du Conseil municipal de Rosny mentionne le fait à la date du 9 février 1834, rappelant que beaucoup d'habitants n'ont pas été encore indemnisés des terrains qu'ils ont fournis à l'État pour la construction du « fort de la Boissière », et que, dans quinze jours, « la troisième année de la dépossession sera écoulée ».

Ce fort est très distinct du fort de Rosny dont les terrains furent pris sur les deux communes de Montreuil et de Rosny. Cette dernière en revendiqua la possession, dès l'année 1847, dans une délibération très motivée, qu'il faut reproduire presque entièrement :

... Attendu que les communications sont aussi promptes et faciles avec Rosny qu'elles sont lentes et difficiles avec Montreuil, surtout l'hiver ;

Attendu qu'il serait dur de faire faire trois kilomètres aux habitants du fort pour l'accomplissement de leurs devoirs religieux et la rédaction des actes d'état civil, tandis qu'il leur suffit de cinq minutes pour aller à Rosny ;

2

Attendu qu'en fait, les dames et des soldats du fort viennent entendre la messe dans l'église de la paroisse les dimanches et jours de fêtes, et que, les mêmes jours, le corps de garde est occupé par un poste fourni par la garnison ;

Attendu que le commandant du fort et le maire de la commune ont, chaque année, des mesures à prendre en commun pour la conservation des récoltes ;

Attendu que le traité relatif à l'écoulement des eaux qui proviennent des fossés du fort, et que l'administration de la guerre ne peut faire passer dans son intérêt que par la commune, a établi entre le fort et la commune des obligations réciproques qui rendent nécessaire que le fort soit attribué à la commune de Rosny, et qui ne peuvent manquer de multiplier les nombreuses relations existant entre eux ;

Attendu que le procès-verbal de l'enquête faite par M. le juge de paix de Vincennes, à laquelle n'ont pris part ni les membres du Conseil municipal ni les douze plus imposés, contient les noms de 21 personnes, qui toutes demandent que le fort soit attribué à la commune de Rosny ; qu'il est certain que tous les autres habitants sans exception désirent cette attribution, comme les 21 personnes ci-dessus ; qu'enfin, plusieurs de ces dernières ont donné à l'appui de leur demande des motifs importants que le Conseil recommande à la bienveillante attention de l'autorité ;

Attendu, en ce qui concerne les motifs en faveur de Montreuil dont il est fait mention dans la lettre de M. le Préfet de la Seine et qui sont tirés de l'éventualité de la guerre et de la quantité de terrains occupés par le fort sur cette commune : 1° que les fortifications ont été faites pour rendre la guerre presqu'impossible autour de Paris, et qu'ainsi il n'y a guère à prévoir la présence de l'ennemi près de la capitale ; 2° que l'État ayant racheté et payé les territoires occupés par le fort, il doit en être disposé de la manière reconnue la meilleure, sans que l'une et l'autre commune aient rien à objecter au sujet des terrains vendus par elles ;

Attendu, enfin, que l'attribution du fort à la commune de Rosny peut avoir pour résultat de rendre plus faciles et plus prompts les travaux d'amélioration que réclame la route départementale n° 41 (actuellement n° 19) dans la partie qui s'étend du Puits royal à la rue de Nanteuil, et qui a besoin d'être nivelée et macadamisée comme l'a été la portion située au dessus,

Est d'avis, à l'unanimité, qu'il y a lieu et qu'il convient d'attribuer à la commune de Rosny le fort de Rosny.

Elle eut, là encore, gain de cause. L'article 11 de la loi du 5 août 1851 *(Recueil des actes administratifs de la Préfecture de la Seine, 1851, p. 548)* est ainsi conçu :

« Les terrains délimités par une ligne verte au plan ci-annexé n° 11 sur lesquels est assis le fort de Rosny avec ses dépendances, qui sont situés en partie sur le territoire de Montreuil, canton de Vincennes, et en partie sur le territoire de la commune de Rosny, même canton, sont attribués en totalité à la commune de Rosny.»

Par délibération du 10 mars 1877, le Conseil municipal émit un vœu favorable à la réunion des deux arrondissements du département et à leur administration par un fonctionnaire spécial résidant à Paris, mais il se refusa à avoir une opinion sur le nombre des conseillers d'arrondissement.

Le 15 février 1888, il exprima le vœu que la commune fît partie d'un canton à créer à Noisy-le-Sec, ou, à défaut de cette création, d'un canton à créer à Montreuil. Rosny avait toujours fait partie du district ou de l'arrondissement méridional du département. La loi du 12 avril 1893 l'en détacha, ainsi que Villemomble et fit d'elles deux communes de l'arrondissement de Saint-Denis et du canton nouveau créé à Noisy-le-Sec.

III.— ANNALES ADMINISTRATIVES.— LISTE DES MAIRES

Instruction. — Voici, à la date du 28 pluviôse an X (17 février 1802), une intéressante délibération sur le traitement et les attributions de l'instituteur :

...Par suite de séance, lecture de deux lettres du citoyen sous-préfet en date des 1er et 5 pluviôse derniers, il paroît que l'intention du citoyen ministre de l'intérieur est qu'il y ait dans chaque commune un instituteur qui soit chargé de remplir près des mairies les fonctions de secrétaire et de leur attribuer un traitement pour ces deux places ;

Le Conseil municipal considérant l'incompatibilité dans ces deux places, et dans tous les cas que la personne auroit les talens de pouvoir les remplir exactement, il croiroit qu'il rempliroit l'une pour négliger l'autre, et que les élèves pourroient être exposés à perdre leur temps ou que les affaires de la mairie resteroient en souffrance, il a été arrêté de voix unanime que le traitement de l'instituteur seroit de 250 francs par an pour subvenir au besoin et subsistances de celui qui exercera l'institution seule, pour le dédommager de son loyer, et que le présent procès-verbal soit envoyé à la Sous-Préfecture pour y faire droit.

Il n'en est pas moins vrai qu'à examiner le budget de 1807, l'on se persuade qu'à cette époque Rosny et Villemomble avaient un instituteur et un garde champêtre commun pour elles deux.

Une délibération du 6 mars 1866 fixe la rétribution scolaire à payer en 1867 à 2 fr. 50, prix unique, pour les garçons et les filles, et le traitement de l'institutrice comme celui de l'instituteur à 400 francs.

Secrétaire de mairie. — Cet emploi fut créé à la date du 15 avril 1868, et le traitement annuel fixé alors à 1.600 francs.

Poste. — Le 27 mai 1822, le Conseil émettait le vœu qu'un bureau de poste fût créé à Montreuil ; il espérait que par ce moyen les correspondances auraient moins de retard et s'achemineraient moins souvent vers Rosny près Mantes, alors même qu'elles portent des mentions telles que « Rosny près Vincennes, Rosny près Fontenay-sous-Bois ».

Par la suite, Rosny a eu son bureau de poste spécial. Le 16 novembre 1886, le Conseil délibéra de réclamer pour « le quartier récent des routes de Neuilly et d'Avron » le bénéfice de la troisième distribution postale.

Par dépêche du 28 juin 1898, le sous-secrétaire d'État des postes et télégraphes informait le préfet de la Seine qu'il donnait des instructions pour l'étude [de l'agrandissement du bureau de poste.

Moyens de transport. — Il a été question (p. 14) de la création des lignes du chemin de fer de l'Est, desservant médiocrement d'abord, puis directement la commune. Actuellement, deux lignes de tramways venant de Paris sont à la veille de fonctionner, l'un par Montreuil, l'autre par Fontenay. En outre, un tramway circule entre la Maltournée et Rosny depuis 1893. Il a été déclaré d'utilité publique par décret du 14 novembre 1892. Consulté au sujet de sa création, le 15 août 1890, le Conseil municipal de Rosny avait émis un avis défavorable, alléguant un trajet long et coûteux et le danger pour la circulation de la traversée du pont du chemin de fer. Ce dernier obstacle, du moins, a disparu, car le terminus du tramway est situé au delà du pont, du côté d'Avron.

Au sujet de ce pont, nous devons rappeler que le Conseil général du département a plusieurs fois réclamé, notamment le 29 décembre 1896, l'établissement d'une passerelle à la gare ou la construction du bâtiment des voyageurs au-dessus des voies ferrées, sans pouvoir obtenir satisfaction ni de l'État, ni de la Compagnie.

Noms de rues. — Par délibération du 24 mai 1868, le Conseil débaptisait la rue Bar-du-Bec, « qui ne rappelle aucun souvenir aux habitants » pour lui donner le nom d'Épaulard, longtemps adjoint au maire, qui a élargi cette voie au détriment de son propre terrain. Cette dénomination ne fut pas acceptée par l'autorité supérieure.

L'ancienne rue du Bois-de-Neuilly porte, en vertu d'une délibération du 2 août 1885, le nom du colonel Rochebrune qui
habitait cette rue et fut tué à la bataille de Montretout, le 19 janvier 1871.

La rue de la Gare, prolongée en 1887, est l'ancienne rue de
l'Ave-Maria (délibération du 6 novembre 1887).

Une délibération du 6 mai 1893 a donné le nom de rue de
Metz au chemin de Bondy et celui de Jeanne-d'Arc à une rue nou-
vellement percée.

Par arrêté préfectoral du 30 juin 1897, la rue de la Barbodière a été classée au nombre des voies publiques urbaines de la
commune.

Par délibérations du 1er juin 1899, les noms de Gambetta, de
Pasteur et de Desgenettes (ancien chirurgien en chef de l'armée
d'Égypte, qui habita longtemps la commune) ont été donnés à des
rues de Rosny.

En vertu de délibérations du 30 décembre 1899, la rue de la
Porte-de-Derrière a pris le nom de rue Guichard, en souvenir
de Mme Ve Guichard, bienfaitrice de la commune (voir p. 43), et le
nom de Paul Cavaré a été donné à une rue de Rosny en l'honneur
de son ancien maire, ingénieur, conseiller général du Gers de 1870
à 1886, maire de Rosny pendant vingt-cinq ans.

MAIRES DE ROSNY-SOUS-BOIS

BUREAU, Jean-Jacques. Élu le 31 janvier 1790. Réélu le 14 novembre 1791.

PILLIER, Louis-Pierre. Élu le 19 août 1792. Réélu le 17 mars 1793.
Nommé agent municipal le 15 brumaire an IV.

CRÉCY (de). An IX.— 1808.

NANTEUIL (Baron de). Nommé maire en 1808. Élu par les habitants
en 1815.

BONNET-CIBIÉ, Jean. 1833-1841.

ÉPAULARD, Pierre-Alexandre. 1842-1843.

VALLERAY. 1843-1852.

GARDEBLED, Pierre. 1852-1859. Mort en fonctions.

LE BARBIER DE TINAN (général). 1859-1862. Mort en fonctions.

ANCELIN, Adolphe-Henri. 1862-1871.

CAVARÉ, Paul. 1871-1888.

GRANDIN, Louis. 19 mai-16 juin 1888.

CAVARÉ, Paul. 4 août 1888 - 16 mai 1896.

Dr ESTIEU, Jean-Pierre-Hippolyte. 16 mai 1896-19 mai 1900.

DESCROIX, Denis-Jean. Élu le 19 mai 1900.

IV.— MONUMENTS ET ÉDIFICES PUBLICS

Église. — L'ancienne église paroissiale, dédiée à sainte Geneviève, datait de la deuxième moitié du XIIIᵉ siècle. M. de Guil-
hermy, qui put la visiter encore, vers 1845, y signale (*Inscriptions
de l'ancien diocèse de Paris*, t. III, pp. 76-79) deux dalles funé-
raires : celles de Guillaume de Montreuil, mort à la fin du
XIIIᵉ siècle, et de Nicolas le Bourguignon, bourgeois, mort le
17 mai 1530, toutes deux disparues. Il décrit aussi, comme existant
encore, une cloche bénite en 1671.

De notre côté, nous avons retrouvé dans les registres de délibérations, à la date du 19 juillet 1790, une déclaration par laquelle
la municipalité reconnaît avoir reçu de M. Tortez, fondeur, « la
cloche tierce sonnante et accordante, et lui avoir payé de ce chef
170 livres parisis ».

Le vieil édifice menaçait ruine vers l'année 1850. C'est le 22 novembre 1853 que, pour la première fois, le Conseil municipal
fut saisi de la question de sa réédification totale. Le devis présenté
par M. Naissant s'élevait à 84.495 fr. 70. Dès lors, plusieurs délibérations intervinrent à ce propos : le 15 octobre 1855, fut décidée
la location d'une église provisoire ; le 30 avril 1856, fut approuvé
un cahier des charges réduisant la dépense à 74.536 fr. 01 ; le
16 novembre suivant, fut votée la reconstruction de l'édifice sur
son ancien emplacement avec une adjonction de terrain. La
première pierre en fut posée le 19 juillet 1857. Nous avons publié
plus haut (p. 14) le procès-verbal de cette cérémonie.

Mairie. — La plus ancienne mention que l'on ait sur la mairie
remonte à 1828 seulement. A cette date, le 8 octobre, le Conseil
délibéra d'installer la mairie, le presbytère et la maison d'école
dans une maison acquise à cet effet, au prix de 12.000 francs, de
Mᵐᵉ Chalmandier, rue de l'Église, n° 5. Par suite, l'indemnité de
logement au curé fut rayée du budget de 1829. Les travaux
d'appropriation de l'immeuble furent évalués par Molinos, architecte du département, à 7.305 fr. 62. Le local réservé à la maison
commune était des plus exigus ; il consistait en une seule pièce,
très humide, et ni le maire, ni le secrétaire n'y avaient un cabinet.
C'est ce que fait connaître une délibération du 12 février 1863, où

la nécessité de construire une mairie proprement dite est envisagée pour la première fois. A la séance du 19 novembre 1864, le maire répétait que « la mairie se compose d'une seule pièce faisant partie du presbytère, au fond d'une cour, et placée entre une écurie et la salle à manger de M. le curé, qui, sans sortir de chez lui, peut, pour ainsi dire, assister aux délibérations du Conseil municipal ». Le devis présenté pour la reconstruction d'une mairie et des écoles atteignait 123.443 fr. 11. L'opération fut acceptée et nous a valu l'édifice actuel, dont l'inauguration eut lieu le 24 juin 1868. Une plaque commémorative de cette solennité y était apposée, dont le prix avait été de 156 fr. 40 (séance du 10 novembre 1868). Cette plaque a disparu pendant la guerre.

Cimetière. — Le cimetière primitif était, suivant l'usage, voisin de l'église. Une délibération du 15 avril 1810 parle du nouveau cimetière, mais à l'état de projet ; il y est dit que le mur de clôture *sera* placé à un mètre cinquante de l'arête du chemin de Montreuil à Villemomble, ce qui correspond bien à l'emplacement actuel. Il ne fut ouvert que beaucoup plus tard. On trouve, à la date du 14 avril 1822, un arrêté municipal édictant le règlement qui *devra* le régir. Son agrandissement fut ordonné par un décret du 12 décembre 1883, indiquant une acquisition de terrains de 49 a. 17 c. et une dépense totale de 27.000 francs.

Presbytère. — Nous avons vu plus haut que, depuis la Révolution, la commune avait payé, jusqu'à 1828 inclusivement, une indemnité de logement au curé, et que, de 1829 à 1867, la mairie et le presbytère avaient été installés dans la même maison. Celle-ci ayant été démolie en 1868, la munipalité inscrivit de nouveau à son budget une indemnité annuelle de 400 francs, jusqu'à l'année 1875 inclusivement. Le presbytère date de 1876.

Écoles. — Un décret du 5 juillet 1894 déclara d'utilité publique la reconstruction d'une école de garçons. Le bâtiment, situé devant la station du chemin de fer, a été inauguré le 21 juillet 1895, sous la présidence de M. Carriot, directeur de l'enseignement primaire du département.

BIBLIOGRAPHIE

L'abbé Lebeuf, *Histoire du diocèse de Paris,* t. II, pp. 551-557 de l'édition de 1883.

Fernand Bournon.

RENSEIGNEMENTS

ADMINISTRATIFS

I. — TOPOGRAPHIE, DÉMOGRAPHIE ET FINANCES

§ I. — TERRITOIRE ET DOMAINE

A. — TERRITOIRE

Nom. — Rosny-sous-Bois. — C'est un décret du 2 mai 1897 qui a décidé que la commune porterait la dénomination de Rosny-sous-Bois.

Dénomination des habitants. — On dit Rosnéens.

Armoiries. — Néant.

Limites du territoire. — La commune de Rosny-sous-Bois est bornée :

Au Nord, par Noisy-le-Sec et Bondy ;

A l'Est, par Villemomble (Seine) et Neuilly-sur-Marne (Seine-et-Oise) ;

Au Sud, par Fontenay-sous-Bois et Montreuil ;

A l'Ouest, par Montreuil et Noisy-le-Sec.

Quartiers, hameaux, écarts. — Le seul écart important qui existe à l'heure actuelle est Beauséjour, situé à la limite Est de la commune, du côté de Villemomble. Il forme une agglomération qui se prolonge sur cette dernière commune. Sur le territoire de Rosny, Beauséjour compte de 40 à 50 maisons.

Plusieurs autres écarts sont, pourrait-on dire, en voie de formation ; l'un, au lieu dit le « Chemin vert de Villemomble », ne se compose que de quelques habitations ; un autre, au Nord-Est de la commune, au lieu dit le « Cimetière aux Anes », sur le chemin de grande communication n° 30, présente à peu près la même importance ; enfin, un troisième écart se forme à la Boissière, près de la redoute et à la limite de la commune du côté de Montreuil. Ce dernier, qui ne comprend encore que de 20 à 25 maisons, paraît devoir prendre, dans un avenir très prochain, un réel développement.

Lieux dits. — Les Tricots, le Pied pourri ou la Saussaie, la Mare à la Veuve, le Bois Rousselet, la Mare Boizard, Dambu, les Quarante Arpents, le Pré aux Cointres, le Bois Perrier, la Faussaye Beauclair, le Cimetière aux Anes, la Plaine de Villemomble, les Changis, le Clos Saint Martin, le Ru d'Aurion, Grand Pré, la Ruelle Boissière, les Soudoux, les Malassis, les Cailloux, la Basse Vallée, la Vallée, les Buttes, la Ruelle Pierreuse, la Tuilerie, la Vieille Montagne, le Grand Sentier, les Charcalets, le Jardin Guérin, la Grille, la Sence Garenne, la Mare Huguet, la Garenne, les Longues Raies, les Marais, la Suite de Nogent, la Justice, la Basse Folie, la Croix Beaube, les Boutours, les Louvettes, le Pré Gentil, le Croc, les Chardons, la Plaine de Neuilly, le Verrier, l'Étang à l'Eau, la Côte des Chênes, les Graviers, la Feranne, les Battis, les Bertauds, Pelouse du Château d'Avron, Beauséjour, les Pucelles, la Barbodière, Saint-Claude, le Noyer, le Chemin Vert de Villemomble.

Superficie de la commune. — La superficie actuelle du territoire est de 629 hectares, dont :

Propriétés bâties.	25 hectares
Propriétés non bâties.	604 —
Total égal.	629 hectares

Arrondissement. — Saint-Denis.

Canton. — Noisy-le-Sec.

Circonscription électorale législative. — Première circonscription de Saint-Denis.

Sectionnement électoral. — Pas de sectionnement.

Bureau de vote. — Un seul bureau de vote, à la mairie.

Circonscription judiciaire. — Justice de paix de Pantin.

Circonscription de commissariat. — Commissariat des Lilas.

Orographie. — Point le plus élevé au-dessus du niveau de la mer : 115 mètres, à l'Ouest de la commune, près du fort, au lieu dit « la Ruelle Pierreuse »

Point le plus bas : 5o mètres, au Sud-Est de la commune.

Hydrographie. — Sur le territoire de Rosny-sous-Bois, dans la partie Nord, prend naissance le ru du Moleret. Il reçoit les égouts de Rosny et pénètre sur le territoire de Bondy où il reçoit l'égout de la route nationale n° 3, ainsi que le canal d'assainissement de la voirie de Bondy.

Il traverse ensuite le territoire du Bourget, sur lequel il prend, à partir de la route nationale n° 2, le nom de Molette.

Au delà du Bourget, ce ruisseau forme la limite entre les communes de La Courneuve et de Dugny et se jette dans le Rouillon, après avoir passé sous le Croult et par-dessus la Vieille-Mer.

Voici, au surplus, divers renseignements sur la manière dont il se comporte pendant ce parcours :

DÉSIGNATION des COURS D'EAU	LOCALITÉS du département situées SUR LES COURS D'EAU	LIMITES dans le département DES COURS D'EAU ou de leurs sections		LONGUEURS comprises dans le DÉPARTEMENT		LARGEUR MOYENNE des cours d'eau ou de leurs sections	PENTE TOTALE par cours d'eau ou par section	SURFACE DU VERSANT de chaque cours d'eau dans le DÉPARTEMENT
		A L'AVAL	A L'AMONT	PAR SECTION	PAR COURS D'EAU			
				met.	met.	met.	met.	met.
Ru de la Molette ou du Moleret	Le Bourget Bondy Rosny-sous-Bois	Rivière du Rouillon..	Rosny-sous-Bois....	11.65o	11.65o	2.5o	24.8o	2.4oo

DÉSIGNATION des COURS D'EAU	VOLUME PAR SECONDE		
	DES EAUX ORDINAIRES	DES EAUX D'ÉTIAGE	DES GRANDES EAUX
	met. cub.	met. cub.	met. cub.
Ru de la Molette ou du Moleret.....	0.03o	0.01o	0.06o

Dérivation de la Dhuis. — L'aqueduc qui porte ce nom a été construit par la Ville de Paris en 1862 pour la dérivation des sources situées dans les vallées de la Dhuis, du Verdon, du Surmelin, de Houdevilliers, et de la Somme-Soude.

L'acquisition de ces sources et de leurs dépendances a coûté à la ville de Paris 888.588 fr. 75.

La zone des terrains occupés par l'aqueduc est d'une contenance superficielle de 169 h. 19 a. 73 c. qui ont coûté une somme approximative de 1.940.000 francs.

Les dépenses de construction se sont élevées à 16 millions.

L'aqueduc, qui a une longueur totale de 33 lieues, traverse les départements de l'Aisne, de Seine-et-Marne, de Seine-et-Oise et de la Seine.

Dans le département de la Seine, il traverse les communes de Villemomble, Rosny-sous-Bois, Noisy-le-Sec, Romainville, Montreuil et Bagnolet, pour entrer ensuite dans Paris par la porte de Ménilmontant et amener l'eau à 200 mètres de cette porte dans les réservoirs de ce nom. Ces réservoirs desservent les quartiers hauts de Montmartre, Belleville, Passy, dans lesquels l'eau est à 81 mètres au-dessus du niveau de la Seine, pris au zéro de l'échelle du pont de la Tournelle.

Sur le territoire de Rosny-sous-Bois l'aqueduc suit, depuis Villemomble jusqu'à la ligne du chemin de fer de l'Est, la route départementale n° 19 et se dirige ensuite à travers les propriétés privées et suivant une ligne sensiblement droite vers la redoute de la Boissière devant laquelle elle passe, soit un parcours de 2.340 mètres.

Sur ce parcours, l'aqueduc est constitué par une conduite forcée en fonte de 1 mètre de diamètre intérieur depuis la gare du Raincy jusqu'à la redoute de la Boissière. Au delà et jusqu'aux fortifications, la dérivation est continuée par un aqueduc solide en maçonnerie de 1 m. 76 de hauteur sur 1 m. 40 de largeur avec tonnelle-regard tous les 500 mètres.

B. — DOMAINE

Mairie. — La mairie est située à l'angle de la rue de Neuilly et de la rue de l'Église.

C'est un bâtiment de deux étages qui ne présente aucun caractère architectural ; il est séparé de la rue par un mur surmonté d'une grille.

Au rez-de-chaussée, la façade est ajourée en son axe d'une porte quadrangulaire élevée sur perron, encadrée d'un chambranle dont la clef est décorée d'une tête de femme; au-dessus est un balcon-regard à balustres supporté par deux consoles.

Enfin, cette façade est couronnée par une corniche supportant en son milieu un motif d'horloge.

A l'intérieur se trouvent, au rez-de-chaussée, le bureau du secrétaire, le bureau du maire, une salle de commission et la loge du concierge ;

Au premier, la salle des mariages et deux pièces servant de logement au concierge.

La superficie du terrain est de 400 mètres, y compris le jardin qui entoure le monument.

La mairie a été construite en 1868 et a coûté 70.000 francs. Elle appartient à la commune.

Écoles. — Il existe trois groupes scolaires : l'école de garçons située rue de la Station ; l'école de filles contiguë à la mairie, rue de l'Église et rue de Neuilly, et l'école maternelle, place Carnot.

L'école de garçons a une superficie de 1.000 mètres environ ; elle a été construite en 1894-1895 et inaugurée le 21 juillet 1895.

Le terrain sur lequel elle est construite, d'une superficie de 5.090 m. 44, y compris une place publique sur laquelle on se propose de reconstruire l'école des filles, a été acquis de la Compagnie des chemins de fer de l'Est. La commune a cédé en échange une superficie de 184 m. 44 et a payé le surplus du terrain à raison de 10 francs le mètre, soit 49.060 francs.

La construction a coûté 95.710 fr. 26. Il convient toutefois d'ajouter que, dans cette dernière somme, sont compris des travaux d'agrandissement de l'école maternelle exécutés en même temps que l'école de garçons.

L'école des filles qui est attenante à la mairie a une superficie de 400 mètres environ, dont 180 mètres de cours. Elle a été construite en même temps que la mairie, en 1868, et a coûté 35.000 francs environ.

Le secrétaire de la mairie, ainsi qu'un cantonnier, sont logés dans les bâtiments de cette école.

L'école maternelle, située rue Carnot, occupe l'emplacement des anciennes écoles. Construite en 1874-1875, elle a une superficie de 1.400 mètres environ. Le terrain acquis en 1873 a coûté 6.000 francs. Une partie de la dépense, soit 2.558 fr. 50, a été couverte par des souscriptions. Les travaux ont coûté

28.000 francs environ. En 1897, une somme de 1.060 fr. 33 a été dépensée pour grosses réparations à cette école.

Les écoles appartiennent à la commune.

Église. — L'église, située à l'angle des rues de Paris et de l'Église, a une superficie de 480 mètres. Elle a été achevée en 1860.

Elle comprend trois travées ; celle du milieu est occupée par une tour ; au rez-de-chaussée se trouve une porte plein cintre ; au premier étage sont des fenêtres géminées plein cintre au-dessus desquelles se trouve un cadran d'horloge, le tout surmonté d'un campanile construit en pan de bois, recouvert en partie d'ardoises avec, sur chacune de ses faces, des baies rectangulaires garnies d'abat-sons. Cet ensemble est terminé par une flèche aussi rectangulaire.

Les façades latérales comprennent deux étages éclairés chacun par cinq baies plein cintre.

A l'intérieur, la nef est flanquée de bas côtés et terminée par un hémicycle occupé par le maître-autel ; elle est divisée dans le sens de la longueur en cinq travées séparées par des piliers supportant des arcs plein cintre et s'ouvrant sur l'hémicycle par un grand arc de même forme.

Les bas côtés sont terminés à droite et à gauche du maître-autel par des hémicycles plus petits servant de chapelles ; les extrémités de ces mêmes bas côtés, près de l'entrée, sont occupées par la chapelle des Fonts et par une chapelle du Sacré-Cœur.

Le monument, qui a coûté 113.545 francs, appartient à la commune. Depuis sa construction, elle a été réparée à plusieurs reprises, notamment en 1883. La dépense supportée par la commune s'est élevée à 7.033 fr. 50.

Enfin, diverses acquisitions de maisons et de terrains ont été faites dans le but de la dégager et d'établir l'alignement de la place. C'est ainsi que, par acte du 28 juin 1857, un terrain de 4 a. 80 c. a été acquis moyennant 8.000 francs ; que, par acte d'avril 1864, une maison a été acquise moyennant 6.000 francs ; qu'en août de la même année, une autre maison a été acquise moyennant 4.363 fr. 92, auxquels est venu s'ajouter en 1870 un terrain d'une contenance de 47 mètres superficiels.

L'immeuble appartient à la commune.

Temple, synagogue. — Néant.

Presbytère. — Le presbytère est situé place Carnot. Il a une superficie de 525 mètres, a été construit en 1876 et a coûté 15.420 fr. 90.

En 1897, une somme de 1.653 fr. 77 a été dépensée pour grosses réparations à cet immeuble.

Il appartient à la commune.

Cimetière. — Le cimetière est situé au lieu dit « les Buttes », le long de la ligne du chemin de fer de Mulhouse, près de l'endroit où la route départementale n° 19, ou rue de Villemomble, coupe cette ligne.

Le terrain aurait été donné en 1818 ou 1820 par le baron de Nanteuil qui était maire de la commune. Sa superficie, qui était primitivement de 13 a. 48, a été portée à 73 a. 24 au moyen des agrandissements ci-après : acquisition en 1863 de 10 a. 59 qui ont coûté, y compris les travaux, 12.352 fr. 47. A cette époque, a été établi un chemin d'accès qui a donné lieu à l'acquisition de 515 m. 60 de terrain, pour un prix de 2.062 fr. 60.

En 1884, on a exproprié 49 a. 17 pour 9.834 francs et on a construit une maison d'habitation pour le conservateur du cimetière qui est un des gardes champêtres de la commune.

La maison du conservateur a une superficie de 47 mètres et comprend un rez-de-chaussée et un étage.

Il existe un caveau provisoire qui appartient à la commune.

Tombe militaire. — Il y a dans le cimetière une sépulture française et une sépulture allemande.

Fontaine. — Une fontaine avec une vasque en fonte a été construite, en 1872, sur la place de l'Église. Elle a coûté 4.573 fr. 53.

Cette fontaine existe encore à l'heure actuelle, mais elle n'est plus alimentée.

Salle des fêtes. — Il existe rue d'Avron, n° 2, une salle de fêtes qui sert en même temps de salle de gymnastique pour les enfants des écoles.

Le terrain, d'une superficie de 1.537 mètres, a été acheté suivant acte des 12 et 29 juillet 1884, moyennant un prix de 6.000 francs.

La construction entourée d'une place et d'un jardin, a coûté 20.000 francs. Sa superficie est de 250 mètres environ.

L'un des cantonniers est préposé à la garde de l'immeuble et l'habite.

Il appartient à la commune.

Lavoir. — Un lavoir situé non loin du cimetière, à l'angle de la route départementale n° 19 et du chemin des Marnaudes, a été installé par la commune en 1877 et a coûté, y compris la construction d'un logement pour le gardien, 8.081 fr. 50, dont 1.726 francs ont été payés au moyen d'une souscription.

Abreuvoir. — A l'angle du chemin des Marnaudes et du petit chemin des Marnaudes, la commune a fait établir en 1896 un abreuvoir qui a coûté 2,718 fr. 95.

Hospice. — Néant.

Hôpital. — Néant.

Morgue. — Néant.

Crèche, dispensaire, fourneau économique. — Néant.

Théâtre. — Néant.

Abattoir. — Pas d'abattoir, mais deux tueries autorisées chez un charcutier et chez un boucher de l'endroit.

Fourrière. — Néant.

Terrains communaux. — En outre des propriétés et terrains communaux affectés aux divers services qui viennent d'être énumérés, la commune possède, rue de Villemomble, n° 1, une construction d'une superficie de 25 mètres. Cette propriété a servi autrefois de corps de garde. Aujourd'hui, elle est louée à usage de boutique, pour une durée de 12 ans à compter du 1ᵉʳ octobre 1896, suivant bail du 1ᵉʳ février de la même année, approuvé le 25 avril suivant.

La commune possède, en outre, un terrain de culture sis au lieu dit la « Pelouse d'Avron ». Cette propriété, dont la superficie est de 12 h. 54 a. 58 c., est louée à divers cultivateurs au moyen de baux dont la durée ne dépasse pas 6 ans et qui expirent tous le 11 novembre 1901. Ce terrain appartient à la commune depuis un temps immémorial.

Fort. — Le fort dit de Rosny se trouve sur le territoire de la commune. Il occupe une superficie de 25 hectares environ.

Il a été construit, comme tous les forts des environs de Paris, dans la période qui va de 1840 à 1850.

Une loi du 5 août 1851 a attribué à Rosny l'emplacement qu'il occupe, emplacement qui dépendait antérieurement, pour partie, de la commune de Montreuil.

Les forces qui l'occupent varient dans des proportions très considérables, entre 20 et 900 hommes, entre l'effectif réduit d'une compagnie à l'effectif complet d'un bataillon et plus.

Lors du recensement de 1896, cet ouvrage était occupé par 29 hommes.

Un peu au-dessus du fort, dans la direction du Nord-Est, se trouve une redoute dite « redoute de la Boissière ». Elle occupe une superficie de 3 hectares environ.

Elle a été établie vers 1831.

Elle se compose de trois rangs de talus en terre, disposés en forme d'étoile et entourés d'une barrière en bois.

On accède à cet ouvrage au moyen d'un chemin dit de la Redoute et qui se raccorde avec la route stratégique ou chemin de grande communication n° 41, de Romainville à Nogent-sur-Marne.

La redoute n'est pas occupée.

§ II. — DÉMOGRAPHIE

A. — POPULATION

Les dénombrements faits depuis 1801 donnent les résultats suivants pour la commune de Rosny-sous-Bois :

1801	922 [1]
1817	738
1831	825
1836	948
1841	1.075
1846	1.004

1. Un siècle auparavant, en 1709, lors du dénombrement des paroisses de la Généralité de Paris, la population de Rosny-sous-Bois ne comprenait que 92 feux. (*Appendice* (p. 424) *au Mémoire de la Généralité de Paris pour l'instruction du duc de Bourgogne*, publié dans la Collection des documents inédits de l'Histoire de France par M. de Boislisle.)

```
1851 . . . . . . . . . . . . . . .   . . .   1.014
1856 . . . . . . . . . . . . . . . . . . . . 1.818
1861 . . . . . . . . . . . . . . . . . . . . 2.156
1866 . . . . . . . . . . . . . . . . . . . . 1.605
1872 . . . . . . . . . . . . . . . . . . . . 1.684
1876 . . . . . . . . . . . . . . . . . . . . 1.924
1881 . . . . . . . . . . . . . . . . . . . . 1.745
1886 . . . . . . . . . . . . . . . . . . . . 2.400
1891 . . . . . . . . . . . . . . . . . . . . 2.603
1896 . . . . . . . . . . . . . . . . . . . . 3.245
```

On voit par le tableau qui précède que, malgré des oscillations qu'il est souvent difficile d'expliquer, la population de la commune a plus que triplé depuis le commencement du siècle.

Voici les résultats du dernier recensement :

Population *résidente :* 3.245.

```
Résidents présents. . . . . . .  3.154  )
   —      absents . . . . . . .     62  }  3.245  habitants
Population comptée à part. . .      29  )
```

La population *recensée comme présente*, le 29 mars 1896, se décompose ainsi :

	ENFANTS ou célibataires	MARIÉS	VEUFS	DIVORCÉS	TOTAL
Hommes.............	764	730	54	1	1.549
Femmes	706	740	197	6	1.649
	1.470	1.470	251	7	3.198

Si l'on classe la population de Rosny-sous-Bois au point de vue de la provenance, on obtient les résultats suivants :

29/44es d'habitants venus de divers points de la France ;

14/44es d'habitants nés à Rosny ;

1/44e d'Alsaciens et d'étrangers.

Voici, en outre, dans le tableau ci-dessous, le classement de la population de la commune par nationalité :

		HOMMES	FEMMES	TOTAL
Français	Nés de parents français............	1.499	1.596	3.095
	Naturalisés	16	16	32
Étrangers	Américains autres que ceux des États-Unis....................	1	»	1
	Allemands.......................	6	4	10
	Autrichiens.....................	4	3	7
	Belges..........................	9	14	23
	Hollandais......................	»	2	2
	Luxembourgeois.................	2	4	6
	Italiens.........................	5	4	9
	Espagnols.......................	1	»	1
	Suisses..........................	6	5	11
	Turcs...........................	»	1	1
		1.549	1.649	3.198

Les départements qui fournissent à Rosny le plus fort contingent sont les suivants :

Seine (non compris Rosny)	1.757
Seine-et-Marne	155
Seine-et-Oise	109
Yonne	79
Aisne	52
Meuse.	52
Oise.	35

En résumé, la population de Rosny, considérée au point de vue du lieu de naissance des habitants, se répartit ainsi :

Français . . . 3.127 dont . . . 967 nés dans la commune.
Étrangers. . . 71 dont . . . 10 nés dans la commune.
Soit un total de . . 3.198 dont . . . 977 nés dans la commune.

Pendant l'année 1899, l'état civil a enregistré :

104 naissances ;
75 décès ;
30 mariages ;
2 divorces.

B. — HABITATIONS

Nombre de maisons : 678.

```
Habitations composées d'un rez-de-chaussée. . . . . . . .    81
      —             —       d'un étage. . . .           . . 459
      —             —       de deux étages. . . . . . . . . . 127
      —             —       de trois étages . . . . . . . . . .  11
                                                               ────
                            Total. . . . . . . . . . . . . .  678
   dont . . . . . . . . . . . . . .    626 occupées
   et . . . . . . .        . . . . . .  52 vacantes
Nombre de logements . . . 1.083, occupés par . . .   157 isolés.
                                       et . . .      829 familles.
                                                     ────
   Ce qui donne un total de . . . . . . . . . . . .  986
```

On compte enfin, à Rosny, 80 locaux servant d'ateliers, magasins ou boutiques.

C. — DIVERS

Électeurs inscrits en 1899 : 822.

Recrutement. — 22 conscrits ont tiré au sort la même année.

Chevaux. — 158 chevaux, appartenant à 102 propriétaires :

```
Chevaux entiers . .    16 au-dessus de 6 ans
Chevaux hongres. .    112 dont 5 au-dessous de 6 ans
Juments. . . . . . .    30 dont 1              —
                       ─────────────
   Totaux . . . . . .  158 dont 6              —
```

Voitures. — 148 voitures, appartenant à 135 propriétaires :

```
125 voitures à 2 roues, attelées de 1 cheval
  5       —         —       de 2 chevaux
 18 voitures à 4 roues attelées de 1 cheval
          —                   de 2 chevaux
────
148
```

§ III. — FINANCES

A. — CONTRIBUTIONS

Principal des contributions directes en 1899 :

Contribution foncière.	12.575	»
— personnelle et mobilière	13.499	»
— des portes et fenêtres	5.311	»
— des patentes	4.947,68	
Total	36.332,68	

Perception des contributions. — La commune dépend de la perception de Montreuil. Le percepteur de cette circonscription se rend à la mairie de Rosny les 1er et 3e mardis de chaque mois où il se tient à la disposition des contribuables de 10 heures à 3 heures.

B. — OCTROI

Il n'y a pas d'octroi dans la commune.

C. — FINANCES COMMUNALES

Recettes ordinaires d'après le compte de 1898.	65.839,35	
— extraordinaires — —	11.687,63	[1]
Total	77.526,98	[1]
Dépenses ordinaires d'après le compte de 1898.	56.042,17	[2]
— extraordinaires — — .	11.645,85	[2]
Total	67.688,02	[3]

1. Ces recettes constituent les ressources normales de la commune.

2. Non compris les restes à payer devant figurer au compte administratif de l'année suivante.

3. Ce total représente les dépenses normales de la commune.

Voici la répartition des dépenses ordinaires entre les principaux services :

1° Administration et police	15.641,94
2° Voirie	25.069,09
3° Bienfaisance.	2.702,35
4° Enseignement	10.148,46
5° Dépenses diverses	2.880,32

Emprunts. — La commune, autorisée par arrêté préfectoral du 30 avril 1874, a contracté avec la Caisse des chemins vicinaux un emprunt de 11.700 francs remboursable en 30 ans à compter du 1er mars 1876. Cette somme a été affectée à la construction de chemins vicinaux.

Il est pourvu à l'amortissement au moyen d'une imposition annuelle de 3 centimes.

A la fin de 1898, le montant des remboursements effectués sur le capital et les intérêts s'élevait à 10.764 francs.

Par décret du 5 juillet 1894, la commune a été autorisée à emprunter à la Caisse nationale des retraites pour la vieillesse une somme de 68.602 francs pour la construction d'écoles.

Le montant du service des intérêts, frais de commission et autres, pour la période complète du temps d'amortissement, s'élèvera à 45.874 fr.05, ce qui porte le total de la dette en capital, intérêts, frais de commission et autres charges accessoires, à 114.476 fr. 05.

Il est pourvu à l'amortissement au moyen d'une imposition annuelle de 15 centimes.

L'emprunt a été contracté pour 20 ans à partir du 25 novembre 1895.

A la fin de 1898, le montant des remboursements effectués sur le capital et les intérêts s'élevait à 15.789 fr. 80.

Secours. — Depuis 1890, la commune a reçu, à titre de secours, les sommes ci-dessous pour les causes suivantes :

Année 1893. — Viabilité des rues . . . . 13.700 fr. »

Année 1894. — Construction d'une nouvelle école de garçons et agrandissement de l'école maternelle . . . . 45.000 fr. »

Année 1896. — Travaux de voirie. . . . . 20.000 fr. »

Année 1898. — Travaux de grosses réparations et voirie. . . . . 3.875 fr. »

Valeur du centime en 1899. — 363 fr. 32.

Nombre de centimes. — 99, dont 20 centimes extraordinaires, non compris les 3 centimes pour frais de perception des impositions communales.

Charges par habitant. — 16 fr. 01.

Receveur municipal. — Le percepteur des contributions de Montreuil remplit les fonctions de receveur municipal de la commune de Rosny-sous-Bois.

Une somme de 1.911 francs figure, pour le traitement de cet agent, au budget de 1899.

II. — SERVICES PUBLICS

---

§ 1. — BIENFAISANCE

Bureau de bienfaisance. — Le Bureau de bienfaisance secourt un infirme, huit vieillards et quinze chefs de famille surchargés d'enfants en bas âge.

En outre des secours qui sont donnés aux indigents inscrits, douze indigents sont secourus à titre temporaire ; ce sont des blessés, des malades et des femmes en couches.

L'importance des secours varie avec les familles secourues. C'est ainsi que, parmi elles, 8 reçoivent 3 kilogrammes de pain par semaine et les autres 2 kilogrammes, 3 familles seulement reçoivent 1 kilogramme de viande par semaine. En 1897, les dépenses pour distribution de pain se sont élevées à 858 fr. 40, celles pour distribution de viande à 222 francs.

En hiver, on donne des bons de chauffage. La dépense figurant de ce chef au compte de 1897 est insignifiante.

Enfin, au cours de la même année, il a été dépensé 166 fr. 70 pour distribution de vêtements et de chaussures.

Tous les indigents sont admis à l'assistance médicale. Elle est assurée par un médecin de la commune qui reçoit, à cet effet, un traitement annuel de 200 francs.

Une sage-femme de la localité reçoit, pour les soins qu'elle donne aux indigents, une indemnité de 10 francs par accouchement.

Les médicaments sont délivrés gratuitement. La commune

obtient des pharmaciens un rabais de 10 %. La dépense en médicaments a été en 1897 de 142 fr. 88.

En outre des dépenses qui viennent d'être énumérées, le Bureau de bienfaisance a payé la même année une somme de 200 francs, pour traitement du receveur-trésorier et de l'employé chargé du service, et pour dépenses imprévues, ainsi qu'une somme de 15 fr. 60 pour frais de bureau et timbres de la comptabilité. Les fonctions de trésorier sont remplies par le receveur municipal.

Voici maintenant les recettes de cet établissement, d'après le compte de 1898 :

RECETTES ORDINAIRES

Rentes sur l'État.	657 »
Legs Godard-Desmaret.	8 »
Produit des legs ayant une affectation spéciale, savoir :	
Legs Bruyer.	195 »
Legs Guichard	150 »
Donation Cavaré	240 »
Fondation Richard-Gardebled-Bureau.	100 »
Intérêts des fonds placés au Trésor	22,43
Produits des concessions de terrains dans le cimetière	720 »
Dons, souscriptions, quêtes à domicile ou autres .	372,55
Produit d'une tombola	389,80
Levée des troncs de la mairie.	15,55
Total	2.870,33

RECETTES EXTRAORDINAIRES

Subvention départementale pour la fête nationale .	81 »
Total des recettes	2.951,33

Le legs Godard-Desmaret est un legs qui a été fait au département de la Seine en faveur des pauvres du département et dont le produit est réparti entre les communes.

Legs au Bureau de bienfaisance. — Cet établissement jouit, depuis le 1er janvier 1885, d'une rente de 195 francs qui lui a été léguée par une dame Vve Bruyer pour être distribuée sous forme de secours à deux vieillards indigents.

Legs Guichard. — Par testament du 26 novembre 1883, Céleste-Honorine Anglada, veuve d'Auguste Guichard, a légué au Bureau de bienfaisance une rente annuelle de 150 francs pour être employée en secours à un vieillard nécessiteux. L'acceptation de ce legs a été autorisée par décret du 23 juin 1885.

Donation Cavaré. — Par testament olographe du 17 février 1892, Marie-Paul-Cavaré, ancien maire de la commune, a légué au Bureau de bienfaisance de Rosny une somme de 1.000 francs en argent ; un arrêté préfectoral du 21 octobre 1899 a autorisé l'acceptation de ce legs.

Donation Richard-Gardebled-Bureau. — Par acte du 9 décembre 1895, Eugène-Hubert Richard a donné au Bureau de bienfaisance de Rosny 100 francs de rente 3 % pour être distribués sous forme de rente viagère au profit d'un vieillard indigent. Le donateur ayant fait cette libéralité en mémoire de ses beaux-parents, M. et Mme Gardebled-Bureau, a prescrit que cette donation porterait leur nom.

L'acceptation de cette libéralité a été autorisée par arrêt préfectoral du 15 juillet 1896.

Traitement des malades dans les hôpitaux de Paris. — Les malades de la commune sont envoyés en traitement dans les hôpitaux de Paris. C'est l'hôpital Tenon qui reçoit ces malades.

Conformément aux délibérations du Conseil général du 3 avril 1890 et du Conseil municipal de Paris en date du 25 mai de la même année, la commune paye, pour le traitement de ses malades dans les hôpitaux de Paris, un abonnement (délibération du 21 mai 1891) basé sur le nombre moyen des journées de traitement des trois années précédentes et calculé à raison de 1 franc par jour et par malade.

Le nombre de journées ayant servi de base au recouvrement en 1898 a été de 1.146, soit une somme de 1.146 francs.

Le transport des malades est effectué selon les cas par les ambulances urbaines, par le chemin de fer ou par un particulier, avec qui on traite à l'amiable. Le prix moyen payé pour le transport de jour est de 7 francs par voyage.

Assistance à domicile. — En vertu des délibérations des 18 septembre 1895 et 26 avril 1896, le Conseil général fait inscrire annuellement au budget départemental une somme de 50.000 francs dans le but de contribuer aux dépenses faites par les communes pour l'assistance à domicile des vieillards indigents, infirmes ou incurables.

Le montant de la contribution départementale est déterminé par l'administration et doit correspondre au tiers de l'allocation municipale qui, d'ailleurs, est facultative.

Les vieillards ainsi secourus doivent remplir les conditions suivantes : avoir 65 ans d'âge et un séjour de dix ans à Paris ou dans le département de la Seine.

Aucune condition d'âge n'est exigée des indigents infirmes et incurables.

Depuis cette époque, le Conseil municipal de Rosny-sous-Bois n'a pris aucune disposition à ce sujet.

Aliénés. — Trois aliénés ayant à Rosny leur domicile de secours ont été placés, en 1898, dans les asiles ci-après où ils ont occasionné la dépense suivante :

1 à	Niort.	365 jours à . .	1 fr. 20 . . .	438 »
1 à	Clermont. . . .	365 — à . .	1 fr. 60 . . .	584 »
1 à {	Sainte-Anne . .	5 — à . .	2 fr. 80 . . .	14 »
	Villejuif	267 — à . .	2 fr. 10 . . .	560,70
		Total	•	1,596,70

Les proportions dans lesquelles les communes du département contribuent aux dépenses des aliénés ont été fixées, par délibération du Conseil général, à 20, 25, 30, 35 et 40 % de la dépense totale, suivant le revenu de la commune.

Rosny contribue, en vertu de la délibération du Conseil général du 27 décembre 1886, pour 35 % à la dépense faite par les aliénés qui sont à sa charge. D'où, pour l'année 1898 :

$$\frac{1.596,70 \times 35}{100} = 558,85$$

Enfants assistés et moralement abandonnés. — L'article 25 de la loi du 24 juillet 1889 sur la protection des enfants maltraités ou moralement abandonnés dispose que, dans les départements où le Conseil général se sera engagé à assimiler, pour la dépense, les enfants faisant l'objet des deux titres de ladite loi, aux enfants assistés, la subvention de l'État sera portée au cinquième des dépenses tant extérieures qu'intérieures des deux services, et le contingent des communes constituera pour celles-ci une dépense obligatoire, conformément à l'article 136 de la loi du 5 avril 1884.

Suivant délibération du 16 décembre 1889, le Conseil général de la Seine, dans le but de bénéficier des dispositions de l'article précité, ayant assimilé pour la dépense, à partir du 1er janvier 1890, les enfants maltraités ou moralement abandonnés aux enfants assistés, il en résulte que les communes n'ont à supporter qu'un seul contingent pour ces deux services.

La somme payée de ce chef, en 1898, par la commune de Rosny-sous-Bois a été de 1.189 francs.

Protection des enfants du premier âge. — En 1898, les déclarations faites par les parents, conformément à l'article 7 de la loi du 23 décembre 1874 se résument ainsi qu'il suit :

	AU BIBERON	AU SEIN	TOTAUX
Nombre d'enfants de Rosny mis en nourrice dans le département de la Seine	2	3	5
Nombre d'enfants de Rosny mis en nourrice hors du département de la Seine,..............................	8	2	10
	10	5	15

Les déclarations d'élevage faites par les nourrices de la localité, en exécution des articles 9 et 10 de la même loi, ont été, en 1898, de 12 enfants, tous nés dans le département de la Seine.

Il n'y a à Rosny ni *crèche*, ni *dispensaire*, ni *fourneau économique*.

Secours aux familles des réservistes.— Des secours sont distribués aux familles des réservistes et des soldats de l'armée territoriale. L'importance des secours est proportionnée aux besoins des familles. En 1898, il a été distribué 85 francs. Au budget de 1899 figure pour cet objet un crédit de 250 francs.

Propagation de la vaccine.— Deux séances de vaccination ont lieu chaque année, par les soins de l'Institut de vaccine animale, 8, rue Ballu, à Paris. En 1899, à la première séance, 13 vaccinations et 14 revaccinations ont été opérées.

La deuxième séance a lieu en octobre ou novembre ; quoique spécialement consacrée aux enfants des écoles, un certain nombre d'adultes sont aussi vaccinés et revaccinés.

En 1898, le nombre total des opérations a été de 72, dont 60 vaccinations et 12 revaccinations.

Sur ce nombre, 40 opérations ont été faites par 2 sages-femmes de la localité.

Une somme de 50 francs figure au budget pour ce service.

D'autre part, la commune reçoit du département une subvention de 30 francs par an.

Caisse des écoles.— Le Conseil municipal de Rosny-sous-Bois a décidé par délibération du 3 août 1873, approuvée par arrêté préfectoral du 17 janvier 1874, la création d'une Caisse des écoles. Les statuts de cette Caisse ont été, depuis cette époque, modifiés à plusieurs reprises. Ceux actuellement en vigueur ont été votés en assemblée générale le 15 novembre 1896 et approuvés par délibération du Conseil municipal du 20 décembre suivant et par arrêté préfectoral du 17 février 1897. Aux termes des statuts, la Caisse a pour but d'encourager et de développer l'instruction primaire en facilitant la fréquentation des écoles communales par des récompenses aux élèves assidus, l'assistance aux enfants des familles nécessiteuses et la délivrance, dans la mesure de ses ressources, de fournitures gratuites.

Les récompenses consistent en livrets de Caisse d'épargne ou de la Caisse nationale de retraite pour la vieillesse, au gré des intéressés, ou en objets divers.

La Société se compose de membres fondateurs ou de membres souscripteurs qui ont les mêmes droits. Est membre fondateur, toute personne qui fait à la Caisse un don immédiat de 40 francs au minimum ou qui s'engage à verser annuellement, pendant cinq ans, une somme de dix francs.

Est membre souscripteur, toute personne qui verse une cotisation annuelle de deux francs.

La Société est administrée par un Comité de onze membres dont trois membres de droit, le maire et les deux adjoints, et huit membres élus par l'assemblée générale. Ces derniers peuvent être pris indifféremment parmi les souscripteurs et les fondateurs.

Le Comité est élu pour deux ans à la majorité absolue des suffrages; il se renouvelle par moitié, les membres sortants étant rééligibles.

La Société peut recevoir des dons en nature, tels que livres, papier, plumes, vêtements, etc., destinés aux enfants des familles indigentes. Dans ce cas, le président du Comité a le droit de procéder immédiatement à la distribution des objets donnés.

Le Comité dresse, chaque année, un projet de budget qui est soumis à l'approbation des sociétaires à l'assemblée générale qui a lieu au mois de juin.

Le Conseil municipal reçoit communication de ce projet ainsi que du compte de l'année écoulée.

Voici ce document pour l'année 1898 :

RECETTES

Cotisations	1.189 »
Rentes sur l'État ou autres	165 »
Subvention de la commune	250 »
Dons, produits des quêtes	191,35
Subvention du département	500 »
Intérêts de fonds placés	46,13
Excédent de recettes de l'exercice précédent	2.717,97
Subvention du département pour 1897	400 »
Cotisations spéciales pour classes de garde	457,50
Produit d'une tombola	389,85
Subventions pour excursions scolaires	100 »
Total des recettes . . .	6406,80

DÉPENSES

Distribution aux enfants pauvres fréquentant les écoles:	
Vêtements	60 »
Chaussures	60 »
Fournitures scolaires	1.317,38
Frais de personnel (employés, etc.)	60 »
Impressions, frais de bureau	25 »
Dépenses imprévues	150,30
Livrets et récompenses	605,80
Concours de chant (transport des élèves)	36,95
Classes de vacances	200 »
Excursions scolaires	137 »
Cantine scolaire	20 »
Classes de garde	630 »
Total	3,302,43

RÉSULTAT DU COMPTE

Recettes	6.406,80
Dépenses	3.302,43
Excédent de recettes . .	3.104,37

Les rentes sur l'État s'élevant à 165 francs, qui figurent au compte ci-dessus, proviennent de dons manuels faits par divers habitants de la commune et d'un legs dont il sera parlé page 5o, sous la rubrique « Dons et legs faits aux écoles ».

On vient de voir qu'une somme de 20 francs figure sous la rubrique « Cantine scolaire ». L'inscription de cette somme parait destinée surtout à montrer le grand désir qu'ont les membres de la Caisse des écoles d'organiser une cantine. Elle permet, en attendant, de donner en hiver quelques aliments à tel ou tel enfant appartenant à une famille nécessiteuse.

Bureau municipal de placements gratuits.— Néant.

Société de secours mutuels.— Il n'existe pas de Société de secours mutuels dans la commune. Un certain nombre d'habitants font partie, les uns de la Société de secours mutuels de Noisy, les autres de celle de Montreuil.

§ II.— ENSEIGNEMENT

École de garçons.— Cette école est située rue de la Station.

Elle comprend quatre classes primaires élémentaires. En 1898, une classe a été créée à cette école qui n'en comprenait antérieurement que trois. Pendant l'année scolaire 1897-1898, elle a été fréquentée par 172 élèves dont 165 âgés de 6 à 13 ans révolus au 1er janvier de cette année et 7 âgés de plus de 13 ans.

Le nombre d'élèves présents à l'école en décembre 1897 était de 158, et, en juin 1898, de 153.

Parmi ces élèves, 8 ont fréquenté une autre école dans le courant de l'année.

Un directeur chargé de classe est à la tête de l'école. Il est secondé par des instituteurs stagiaires.

Ainsi qu'on le verra plus loin, dans cette école ont lieu des cours du soir d'enseignement primaire pour les adultes.

École de filles.— Située rue de Neuilly, 36, elle comprend trois classes primaires élémentaires.

Pendant l'année scolaire 1897-1898, elle a été fréquentée par

4

137 enfants, dont 132 âgées de 6 à 13 ans révolus et 5 âgées de plus de 13 ans au 1er janvier 1898.

Le nombre des élèves présentes à l'école en décembre 1897 était de 124 et de 137 en juin 1898.

Parmi ces élèves, 12 ont fréquenté une autre école dans le courant de l'année.

A la tête de l'école se trouve une directrice chargée de classe que secondent une institutrice titulaire et une institutrice stagiaire.

École maternelle.— L'école maternelle, située place Carnot, comprend une classe enfantine et une classe maternelle. Cette école a été fréquentée, pendant l'année scolaire 1897-1898, par 136 enfants, dont 70 garçons et 56 filles âgés de moins de 6 ans au 1er janvier de l'année scolaire et 4 garçons et 6 filles âgés de 6 à 13 ans à la même date.

Le nombre d'élèves présents à l'école en décembre 1897 était de 76 et de 83 en juin 1898.

L'enseignement est donné par une directrice et une adjointe stagiaire.

Enseignement du chant, du dessin et de la gymnastique.— L'enseignement du chant est donné, dans les écoles, par un professeur spécial nommé par le maire et payé sur le budget communal. A cet effet, un crédit de 500 francs est voté chaque année.

Le dessin est enseigné, dans chacune des écoles, par les instituteurs et les institutrices. Une somme de 100 francs figure au budget pour achat de modèles.

La gymnastique, pour l'enseignement de laquelle a été construite et aménagée la salle de gymnastique située rue d'Avron et dont il a été parlé plus haut, est enseignée aux garçons par les instituteurs.

Admission dans les écoles primaires supérieures et professionnelles de la Ville de Paris.— Il y a eu, à la fin de l'année scolaire 1897-1898, 6 élèves admis aux concours.

Dons et legs faits aux écoles.— Par testament olographe du 25 juin 1894, Mme Angeline Épaulard, veuve en premières noces de M. Gardebled et en deuxièmes noces d'Étienne-Lucy Gregy, a donné à la Caisse des écoles une somme de 800 francs en capital. L'acceptation de ce legs a été autorisée par arrêté préfectoral du 16 juin 1899.

Une demoiselle Jolly a légué à la commune 48 francs de rente pour entretien de l'école de filles.

Bibliothèques scolaires.— Il existe une bibliothèque scolaire dans chacune des écoles de garçons et de filles.

Celle de l'école des garçons a été fondée en 1868.

Elle se compose de 380 ouvrages formant 407 volumes.

Pendant l'année scolaire 1898-1899, le nombre des prêts s'est élevé à 452.

La bibliothèque de l'école des filles a été fondée en 1882.

Elle se compose de 288 ouvrages formant 294 volumes.

Pendant l'année scolaire 1898-1899, le nombre des volumes prêtés a été de 192.

Classes de garde.— Depuis 1893, la Caisse des écoles de Rosny-sous-Bois organise des classes de garde. La dépense à laquelle donnent lieu ces classes est couverte de la manière suivante : les familles payent une cotisation spéciale dont le montant s'est élevé, en 1898, à 457 fr. 50, et la Caisse des écoles fournit le supplément. La somme restée à la charge de cette dernière a été, pour 1898, de 630 francs.

Il existe une classe de garde à l'école de garçons et une à l'école de filles. La première est fréquentée par 30 à 40 enfants ; la seconde par 20 à 25. Le directeur de l'école de garçons reçoit, pour faire cette classe, 40 francs par mois ; la directrice de l'école de filles, 30 francs par mois.

Ces classes n'ont pas lieu pendant les vacances.

Classes de vacances. — Depuis 1887, la Caisse des écoles organise dans chacune des écoles une classe de vacances, soit pendant 4 semaines environ.

Elle est fréquentée par 30 à 40 garçons et 20 à 25 filles.

Une somme de 200 francs figure au budget de la Caisse des écoles pour cet objet.

En 1898, la commune a reçu du département, pour ces classes, une subvention de 120 francs.

Cours d'adultes. — Ainsi qu'il a été dit page 49, depuis 1897 des cours d'adultes dits *cours du soir* ont lieu à l'école de garçons, tous les jours de la semaine, de 8 h. 30 à 10 heures du soir. Ils portent sur le dessin, la comptabilité, la diction, la langue française et les mathématiques.

Tous les jeunes gens habitant la commune et âgés de plus de 13 ans y sont admis. Ils doivent se faire inscrire à la mairie.

Une fois par mois, des conférences ont lieu avec projections lumineuses. Des médailles sont décernées aux meilleurs élèves.

Le nombre des auditeurs relativement élevé au début des cours (30 à 40), devient insignifiant lorsque que le cours touche à sa fin.

Excursions scolaires. — Dès 1884, la Caisse des écoles de Rosny-sous-Bois a organisé des excursions scolaires pour les garçons.

En 1893, il en a été organisé dans les deux écoles.

En 1894 et 1895, elles n'ont pas eu lieu.

Depuis 1896, les excursions scolaires ont été rétablies.

15 à 20 filles, 20 à 25 garçons, sous la conduite de 2 ou 3 maîtres, y ont pris part l'an dernier.

La dépense s'est élevée à 137 francs, payés par la Caisse des écoles.

Une subvention de 100 francs a été allouée par le département.

§ III.— VOIRIE.

La longueur des voies de communication qui sillonnent le territoire de la commune est de :

2 routes départementales.	3.142 mètres
4 chemins vicinaux de grande communication .	6.586 —
9 chemins vicinaux ordinaires	7.796,60 —
31 chemins ruraux	20.280 —
Voirie urbaine	12.800 —

Routes départementales.— La route départementale *n° 16, de Paris à la gare du Raincy*, part de la route nationale n° 3 à Pantin et traverse les communes de Romainville, Noisy-le-Sec, Rosny et Villemomble.

Sur le territoire de Rosny, elle a un parcours de 1.200 mètres environ; sa largeur pendant ce parcours est uniformément de

6 mètres ; la chaussée est empierrée ; cet empierrement est compris entre deux caniveaux de o m. 5o.

Les trottoirs sont plantés et ont une largeur de 3 m. 5o.

La route départementale *no 19, de Paris (porte de Montreuil) à Gagny*, est la principale artère des communes de Montreuil, Rosny et Villemomble.

Sur le territoire de Rosny, elle a un parcours de 1.940 mètres environ.

Elle se compose d'une chaussée de 6 mètres, pavée dans les traverses et empierrée sur les sections restantes, avec trottoirs de 2 mètres à 4 m. 5o, plantés sur presque toute leur longueur.

Dans la traverse de Rosny, le pavage, refait en majeure partie en 1896, est en bon état.

Sur ce point, la route est assainie par un égout comportant deux branches qui partent respectivement, l'une de l'origine de la traverse (chemin vicinal ordinaire no 3) et l'autre de la rampe qui donne accès au pont du chemin de fer de l'Est ; ces deux égouts déversent la totalité des eaux dans celui du chemin de grande communication no 3o, qui lui-même aboutit au ru du Moleret.

Chemins vicinaux de grande communication.— Le chemin vicinal de grande communication *no 3o, de Stains à Bonneuil-sur-Marne*, commence à la route departementale no 12, sur le territoire de Stains. Il dessert les communes de Dugny, du Bourget, de Drancy, Bobigny, Bondy, Noisy-le-Sec, Rosny-sous-Bois, Fontenay-sous-Bois, Le Perreux, Bry-sur-Marne, Champigny-sur-Marne, Saint-Maur-des-Fossés et Bonneuil-sur-Marne, soit un parcours total de 26 kil. 027.

Sur le territoire de Rosny, entre la route départementale no 16 et le territoire de Fontenay, le chemin a une longueur de 3 kil. 241, dont 1 kil. 323 en pavage et 1 kil. 918 en empierrement.

La chaussée a une largeur de 6 mètres. Sur les 860 premiers mètres, elle est empierrée avec caniveaux pavés.

A partir de l'origine de la traverse de Rosny, sur une longueur de 1 kil. 323, elle est pavée. Au delà et sur le reste du parcours, elle est empierrée.

En rase campagne, les trottoirs, qui sont limités par des

fossés, sont plantés de peupliers et d'ormes. Dans la traverse de Rosny, s'étend une canalisation qui débouche dans un égout aboutissant actuellement au Moleret. Un projet a été étudié, comportant la suppression de ce déversement dans le ru à l'aide d'un égout qui suivrait le chemin n° 30 et irait rejoindre le réseau des égouts de Noisy. La dépense qu'entraînerait la réalisation de ce projet est évaluée à 129.000 francs. Un contingent de 15.000 francs a été demandé aux Conseils municipaux de Noisy-le-Sec et de Rosny-sous-Bois.

C'est pour donner satisfaction aux propriétaires riverains du ru, que ce projet a été établi. Ceux-ci, en effet, se plaignaient depuis plusieurs années de l'encombrement du lit du ru par les sables et les vases provenant des égouts de Rosny.

Au point de vue de l'hygiène et de la salubrité publiques, la suppression de la contamination du ru aura, en outre, des effets incontestables.

Le chemin vicinal de grande communication n° *33, de Rosny à Neuilly-sur-Marne,* s'embranche sur le chemin de grande communication n° 30, au delà du P. S. de la ligne de Mulhouse et s'étend jusqu'à la limite du département. Il est en traverse sur la majeure partie de son parcours.

Sa longueur est de 1 kil. 269. La chaussée, qui comporte un pavage reposant sur une fondation de béton, a 6 mètres de largeur : ce pavage est en bon état.

Le chemin est emprunté, sur toute sa longueur, par la ligne de tramway qui relie la Maltournée à la gare de Rosny, et qui fait partie du réseau exploité par la Compagnie des chemins de fer nogentais.

Le chemin de grande communication n° *41* est une ancienne route stratégique passant sur !le front intérieur des forts de Romainville, Rosny-sous-Bois et Nogent-sur-Marne.

Il a une longueur totale de 5 kil. 925. Il commence au chemin de grande communication n° 40 et aboutit à la route nationale n° 34, après avoir traversé les communes de Romainville, Montreuil-sous-Bois, Rosny-sous-Bois, Fontenay-sous-Bois et Nogent-sur Marne.

C'est en 1886 que cette ancienne route stratégique a été classée comme chemin vicinal de grande communication.

Sur la commune de Rosny, ce chemin a une longueur de de 550 mètres en trois tronçons. Sur ce parcours, il existe des fossés à droite et à gauche ; la largeur totale du chemin est de 15 mètres. La chaussée, qui est pavée, a 6 mètres de largeur ; elle est comprise entre deux revers empierrés, de o m. 5o de largeur que prolongent des accotements gazonnés. Le chemin n° 41 est planté sur toute sa longueur.

Le chemin vicinal de grande communication n° 43, de Saint-Mandé à Rosny-sous-Bois, part de la route nationale n° 34 et aboutit à Rosny sur la route départementale n° 19, après un parcours total de 7 kil. 156.

Sur le territoire de Rosny, ce chemin a une longueur de 1 kil. 526.

Depuis le point où il pénètre sur le territoire de la commune jusqu'à l'origine de la traverse, la voie a 15 mètres. La largeur du trottoir de droite a été portée à 6 mètres, en prévision de l'établissement ultérieur d'une voie de tramway sur accotement.

La chaussée a une largeur de 12 mètres, dont 6 mètres de chaussée empierrée (y compris deux caniveaux pavés de o m. 67 de largeur).

La traverse de Rosny comporte, elle aussi, une chaussée empierrée, sauf sur les 25o mètres de la rue de Neuilly qui sont pavés. Ce pavage est, d'ailleurs, en médiocre état.

Les eaux de ce chemin sont recueillies, aux abords de la gare, par une canalisation qui aboutit à un tronçon d'égout construit sous les voies de la ligne de l'Est et sont rejetées dans un fossé qui longe le chemin vicinal ordinaire n° 6 de Rosny.

Chemins vicinaux ordinaires. — Le tableau ci-dessous donne la situation des chemins vicinaux ordinaires qui se trouvent sur territoire de Rosny-sous-Bois :

TABLEAU.

NUMÉRO	DÉSIGNATION DES CHEMINS	LONGUEUR	ORIGINE	FIN	LARGEUR moyenne		CHAUSSÉE		OBSERVATIONS
					TOTALE	CHAUSSÉE	NATURE	ÉTAT	
		mètres			mèt.	mèt.			
1	DES MARNAUDES.	753	Route dép. n° 19.	Route dép. n° 16.	6	5	Empierrée.	bon	
2	D'AVRON........	1.770	Chemin de gr. comm. n° 33.	Terr. de Neuilly-sur-Marne	8	5	id.	id.	
3	DE FONTENAY A ROSNY........	1.120	Route dép. n° 19.	Chemin de gr. com. n° 43.	10	5	id.	méd.	
4	DE NOISY A ROSNY	1.484	Route dép. n° 19 (église)	Territ. de Noisy	8	5	300m pavée. 1.184m empierr.	assez bon	
5	DE LA GRILLE...	210 60	Chemin vicinal ordinaire n° 3.	Chemin de gr. comm. n° 33.	10	6	Empierrée.	bon	
6	DE NEUILLY OU DES MARAIS...	1.744	Chemin de gr. comm. n° 33.	Chemin de gr. com. n° 33. (Territoire de Neuilly-s-Marne)	10	5	id.	id.	Fossés d'assainissement de chaque côté, sur 1.100 m environ.
7	D'ACCÈS A LA GARE........	135	Chemin de gr. comm. n° 43.	Gare	10	6	id.	id.	
8	DES RUFFINS....	260	Chemin de gr. comm. n° 30.	Chemin vicinal ordin. n° 6.	10	5	id.	id.	Trottoirs en terre.
9	DE BEAUSÉJOUR.	320	Chemin vicinal n° 2.	Territ. de Villemomble	8	5	id.	id.	
	TOTAL......	7.796 60							

En déduisant les parties mitoyennes au compte des communes voisines, la longueur totale des chemins vicinaux que la commune de Rosny-sous-Bois doit entretenir est de 7.390 m. 60.

Les recetttes pour l'entretien des chemins vicinaux ordinaires se sont élevées, en 1898, à 8.995 fr. 98, y compris la subvention départementale qui a été de 4.464 fr. 51.

Les dépenses se sont élevées à 9.617 fr. 76.

Travaux neufs sur chemins vicinaux ordinaires { Travaux faits en 1898 et dépenses correspondantes } Néant.

{ Projets en préparation }
1° Chemin vicinal ordinaire n° 3, dit rue de Fontenay. — Construction de trottoirs et amélioration de la chaussée. Dépense évaluée à 5.000 francs.
2° Chemin vicinal ordinaire n° 6, dit des Marais. — Construction d'un égout. Dépense évaluée à 51.000 francs.

Chemins ruraux. — Les chemins ruraux sont au nombre de 31, ayant une longueur totale de 20 k. 280. Un seul de ces chemins, le chemin des Ruffins, d'une longueur de 603 mètres, a été classé dans les conditions prescrites par la loi du 20 août 1881.

Voirie urbaine. — Les rues de la commune, classées comme telles, sont au nombre de 29 ayant une longueur totale de 12 k. 800.

Voirie urbaine	Travaux neufs faits en 1898 et dépenses correspondantes	Établissement de trottoirs rue des Louvettes.
	Travaux en préparation	Ouverture de la rue du Pré-Gentil. La dépense est évaluée à 3.000 francs.

Prestations. — Par suite de l'insuffisance des ressources ordinaires de la commune, applicables à l'entretien des chemins vicinaux, le Conseil municipal vote, chaque année, en outre des 5 centimes ordinaires, 3 journées de prestations dont la valeur en argent est appréciée par le Conseil d'arrondissement et le Conseil général. La valeur de ces journées a été fixée pour 1899 ainsi qu'il est dit ci-après.

Le rôle de cette année comporte 792 articles imposés se décomposant de la manière suivante :

1.502 journées d'hommes à 2 francs.	3.004 »
486 — de cheval à 2 fr. 25 .	1.093,50
39 — d'âne à 0 fr. 75.	29,25
504 — de voiture à 2 fr. 25.	1.134 »

En 1898, 6 journées ont été faites en nature.

Entretien des rues et des chemins ruraux. — L'entretien des rues et des chemins ruraux a été consenti à un entrepreneur pour 6 ans, à partir du 1er janvier 1897, par suite d'un marché approuvé le 6 mai 1897 et après une tentative d'adjudication restée infructueuse.

La dépense moyenne et annuelle est évaluée à 2.500 francs ; le rabais obtenu est de 1 %.

Balayage et enlèvement des boues. — Le balayage est effectué par un agent municipal nommé par le maire et à qui on paye un traitement annuel de 600 francs.

Aux termes d'un arrêté municipal du 14 décembre 1867, chaque propriétaire doit balayer au droit de sa propriété et rentrer les boues chez lui. Un projet d'organisation d'un service d'enlèvement des boues est à l'étude.

Droit de voirie et de stationnement. — Il n'existe pas de droits de stationnement.

Le tarif des droits de voirie date de 1877. (Voir aux Annexes.) Ces droits ont produit en 1898 : 3.306 fr. 66.

Pont. — Néant.

Port. — Néant.

Ru. — Ainsi qu'on l'a dit p. 43, le ru du Moleret prend sa source sur le territoire de Rosny-sous-Bois.

Le curage de ce ru a été exécuté en 1898 aux frais du département et de la commune. Il est dérogé à la règle d'après laquelle les frais de curage sont supportés par les propriétaires riverains à raison du déversement des égouts de Rosny dans ce ruisseau.

Égouts. — Le territoire de Rosny s'étend sur la dépression de terrain comprise entre le plateau d'Avron et les hauteurs du fort de Rosny-sous-Bois. Cette dépression a deux versants :

Le versant Nord, dont les eaux s'écoulent vers la Seine (côté de Bondy) par le ru du Moleret, et le versant Sud dont les eaux s'écoulent vers la Marne (côté de Neuilly-Plaisance) par le ru de la Fontaine du Vaisseau (ce ru se trouve sur le territoire du département de Seine-et-Oise).

Les eaux de ces versants sont recueillies comme suit :

Versant de la Seine. — Sous les chemins de grande communication n° 43 et n° 30 : canalisation, avenue de la République et rue de l'Église (380 mètres) ; égout, rues de l'Église et de Noisy (655 mètres), aboutissant au ru du Moleret et recevant les égouts de la route départementale n° 19, rue de Paris (195 mètres), et rue de Villemomble (325 mètres).

Versant de la Marne. — Sous le chemin de grande communication n° 30 (avenue de la République), il existe une canalisation (280 mètres) qui se déverse dans un égout (125 mètres). Cet égout traverse les voies du chemin de fer de l'Est et aboutit dans le fossé du chemin vicinal ordinaire n° 6 (rue des Marais) ; les eaux envoyées dans ce fossé s'écoulent dans la direction du ru de la Fontaine du Vaisseau.

L'égout dont il vient d'être parlé reçoit en outre les canalisa-

tions communales des rues de la Croix et de Neuilly, d'une longueur de 420 mètres.

Un réservoir de chasse automatique, d'une capacité de
5.000 litres, construit aux frais du département et alimenté aux
frais de la commune, est établi en tête de la branche d'égout de la
route départementale n° 19, du côté de Villemomble.

Quelques bouches avec puisards de décantation, siphonées,
existent sur l'égout du chemin de grande communication n° 30 ;
elles doivent être remplacées dans un avenir prochain par des
bouches à air libre, le siphonement des eaux de l'égout, sous
l'aqueduc de la Dhuis, étant supprimé.

Il a été décidé, ainsi qu'on l'a dit plus haut, qu'on suppri-
merait le déversement dans le ru du Moleret des eaux des égouts
de Rosny-sous-Bois. Dans ce but, un égout d'une longueur de
1.980 mètres est en cours d'exécution. Cet ouvrage, qui sera
terminé au cours de 1900, reliera l'égout du chemin n° 30 à
Rosny-sous-Bois à celui dit « de Merlan », sous l'avenue Mar-
ceau, à Noisy-le-Sec.

Dans leur ensemble, les ouvrages d'assainissement qui existent
à Rosny-sous-Bois ont, en chiffres ronds, un développement de
2.380 mètres, se répartissant comme suit :

Égouts départementaux	1.300	mètres
Canalisations { départementales	660	—
{ communales . .	420	—

En principe, le curage des égouts d'intérêt général est à la
charge de la commune ; mais, en fait, le département, qui exé-
cute ce travail, avance les fonds nécessaires et ne recouvre sur
les communes qu'une partie de la dépense.

La somme recouvrée sur la commune de Rosny-sous-Bois,
pour 1898, s'est élevée à 470 francs.

Distance de Paris. — La distance de Paris (parvis Notre-
Dame) à Rosny-sous-Bois est de 11 kil. 200 mètres.

Distance des communes du canton :

Bobigny est à 5 kil. 400 mètres.
Bondy est à 3 kil. 400 mètres.
Le Bourget est à 9 kil. 300 mètres
Drancy est à 6 kil. 500 mètres.

Noisy-le-Sec est à 3 kil. 300 mètres.
Romainville est à 4 kil. 200 mètres.
Villemomble est à 2 kil. 400 mètres.

Moyens de transport. — Rosny-sous-Bois est desservi par les lignes suivantes :
1° De Grande Ceinture ;
2° De Paris à Belfort et Mulhouse.

Ligne de Grande Ceinture. — Trente-six trains par jour, soit montants, soit descendants, desservent Rosny, sur cette ligne, entre 5 h. 17 et 1 heure du matin.

Ligne de Paris-Belfort et Mulhouse. — Dix-neuf trains par jour dans un sens et seize trains par jour dans l'autre desservent la commune sur cette ligne, entre 5 h. 17 et 1 heure du matin.

Parmi ces trains, huit transportent les ouvriers et les ouvrières abonnés à des conditions spéciales.

La distance de Paris à Rosny par le chemin de fer est de 13 kilomètres.

La durée moyenne du trajet est de 25 minutes.

1° Prix des billets simples pour le trajet entre Paris-Est et Rosny-sous-Bois : 1re classe, 1 fr. 25 ; 2e classe, 0 fr. 90 ; 3e classe, 0 fr. 60.

2° Prix des cartes d'abonnement :

DE PARIS-EST A ROSNY-SOUS-BOIS														
POUR 1 MOIS			POUR 3 MOIS			POUR 6 MOIS			POUR 9 MOIS			POUR 1 AN		
1re cl.	2e cl.	3e cl.	1re cl.	2e cl.	3e cl.	1re cl.	2e cl.	3e cl.	1re cl.	2e cl.	3e cl.	1re cl.	2e cl.	3e cl.
72	54	36	144	108	72	192	144	96	240	180	120	288	216	144

La gare de Rosny est ouverte au service des voyageurs et au service de grande et de petite vitesse. La gare porte la dénomination de Rosny-sous-Bois-Neuilly-Plaisance.

Omnibus. — A l'heure actuelle, un seul tramway à traction mécanique, allant de Rosny à la Maltournée, dessert la commune. Il part de la station du chemin de fer à Rosny, suit la rue de Neuilly (chemin vicinal n° 2) et pénètre ensuite sur le territoire de la commune de Neuilly-sur-Marne (Seine-et-Oise) pour aboutir à son terminus à la Maltournée.

Le nombre des voyages de Rosny à la Maltournée est de 24 par jour, entre 5 h. 55 du matin et 10 h. 7 du soir.

Celui des voyages en sens inverse est également de 24 par jour, entre 6 h. 15 le matin et 10 h. 35 le soir.

La distance est de 3 k. 100 ; la durée moyenne du trajet de 15 minutes ; le prix des places de o fr. 20 en 1re classe et de o fr. 15 en 2e classe.

Cette ligne est exploitée par la Compagnie des chemins de fer nogentais, au moyen de voitures à impériale, à air comprimé, comportant 50 places, et de voitures d'attelage qui en comportent 46.

En hiver, les voitures sont chauffées au moyen de bouillottes à eau chaude et éclairées par des lampes à huile de pétrole.

Le projet de réseau complémentaire, formé de 10 groupes de lignes, à l'établissement duquel le Conseil général a émis un avis favorable dans sa délibération du 6 juillet 1898, comprend une ligne qui desservira Rosny et un embranchement qui le reliera à Montreuil.

La ligne qui doit traverser la commune est la ligne Villemomble-Place de la République à Paris (par Vincennes).

Cette ligne a été déclarée d'utilité publique par décret du 30 mars 1899, et la concession en a été faite suivant convention du même jour à la Société anonyme établie à Paris sous la dénomination de la Compagnie des chemins de fer nogentais.

Voici le tracé de cette ligne :

Elle partira des abords de la place de la République, suivra l'avenue Philippe-Auguste, la place de la Nation et le cours de Vincennes.

Sur les territoires de Saint-Mandé et Vincennes, elle empruntera la route nationale n° 34 et le tronçon du chemin de grande communication n° 43, compris entre la route n° 34 et la rue de l'Hôtel-de-Ville.

Sur les territoires de Vincennes, Fontenay-sous-Bois, Rosny-sous-Bois et Villemomble, elle suivra le chemin de grande communication n° 43 et les routes départementales n°s 19 et 16.

Sur le territoire de Vincennes, un embranchement se détachera de la ligne maîtresse pour aboutir à la gare de la Maladrerie en suivant le chemin de grande communication n° 40 *bis*.

Aux termes du cahier des charges annexé à la convention ci-dessus mentionnée, l'État s'est réservé le droit de racheter la concession.

Cet acte porte, en outre, que cette ligne est destinée au transport des voyageurs, de leurs bagages et éventuellement des messageries.

La traction devra avoir lieu par moteurs mécaniques, étant stipulé que les conducteurs électriques aériens ne pourront être établis qu'à l'extérieur de Paris.

Les travaux doivent être commencés dans les quatre mois de la déclaration d'utilité publique, poursuivis et terminés de telle façon que la ligne soit livrée à l'exploitation huit mois après le commencement des travaux et au plus tard fin mars 1900.

Ce tramway ne pourra prendre et laisser des voyageurs qu'en certains points déterminés, dont l'emplacement sera fixé par le Préfet de police.

Le nombre et l'emplacement de ces gares, stations et haltes, sera arrêté lors de l'approbation des projets définitifs. Le Préfet de la Seine pourra prescrire la création de bureaux d'attente ou de correspondance sur les points où l'exigeront les besoins du service.

Le nombre minimum des voyages qui devront être faits tous les jours dans chaque sens est fixé, par jour, à 100 :

50 trains allant jusqu'au terminus de Villemomble ;

25 s'arrêtant à la gare de Rosny-sous-Bois ;

25 au carrefour des chemins de grande communication n $ 40 et 43 (limites des territoires de Vincennes et de Fontenay).

Tarif des droits à percevoir. — Le concessionnaire est autorisé à percevoir, pendant toute la durée de la concession, les droits de péage et les prix de transport ci-après :

TABLEAU.

	1re CLASSE	2e CLASSE
Par voyageur et pour le parcours total ou partiel de la section comprise dans l'intérieur de Paris...................	o fr. 15	o fr. 10
Par voyageur et pour le parcours total ou partiel de chacune des sections situées à l'extérieur de Paris :		
1° Entre la porte de Vincennes et l'hôtel de ville de Vincennes..	o fr. 10	o fr. 05
2° Entre la porte de Vincennes et le carrefour des chemins de grande communication nos 40 et 43 (limites des territoires de Vincennes et de Fontenay-sous-Bois).......	o fr. 15	o fr. 10
3° Entre le carrefour des chemins nos 40 et 43 et la gare de Rosny-sous-Bois....................................	o fr. 15	o fr. 10
4° Entre la gare de Rosny-sous-Bois et le terminus de Villemomble..	o fr. 15	o fr. 10
5° Embranchement de la gare de la Maladrerie, à Vincennes..	o fr. 05	o fr. 05

Les enfants au-dessous de quatre ans seront transportés gratuitement, à condition d'être tenus sur les genoux. Le transport gratuit s'appliquera également aux paquets et bagages peu volumineux susceptibles d'être portés sur les genoux, sans gêne pour les voisins, et d'un poids inférieur à 10 kilogrammes.

Les sous-officiers et soldats en uniforme auront droit aux places de 1re classe en payant le prix de la 2e classe.

A partir de 11 heures du soir, les tarifs extra-muros seront doublés. Si l'administration prescrit la mise en service de trains, dit des théâtres, partant du terminus dans Paris, après minuit, les tarifs intra-muros seront également doublés.

Le concessionnaire organisera, les dimanches et les jours de fête légale exceptés, un service matinal à prix réduit qui comportera le nombre de trains prescrits par l'administration. Ces trains, dits ouvriers, ne contiendront que des places de 2e classe à des prix qui ne pourront excéder la moitié du tarif ordinaire de 2e classe, avec un minimum de perception de 5 centimes. Les voyageurs qui prendront ces trains auront droit à un billet qui leur permettra de reprendre, dans l'autre sens, un des trains du soir, en profitant de la bonification afférente au service matinal.

Un congé annuel de 10 jours sans retenue de salaire sera accordé aux ouvriers et employés.

L'intégralité du salaire sera assuré pendant les périodes d'instruction militaire.

Les jours de maladie, dûment constatés par un médecin désigné par la Caisse, instituée ainsi qu'il sera dit ci-après, seront payés dans leur intégralité pendant 90 jours et pour moitié pendant une seconde période de 90 jours.

En cas d'accident survenu dans le travail, l'ouvrier recevra les indemnités fixées par la loi du 9 avril 1898.

L'administration aura toujours le droit d'imposer les mesures de sécurité et d'hygiène reconnues nécessaires.

Une commission sera délivrée, sous forme de contrat de louage, à tout employé ou ouvrier majeur des deux sexes ayant accompli 24 mois de service.

Le concessionnaire est obligé :

A.— De fournir à tout le personnel ouvrier des livrets à la Caisse nationale des retraites, les versements étant constitués à capital aliéné au moyen d'une retenue de 2 % sur le salaire des ouvriers et 6 % versés à leur nom par le concessionnaire.

B.— De constituer une Caisse spéciale qui sera gérée par les ouvriers et employés eux-mêmes et recevra, sur les frais généraux, les allocations nécessaires pour assurer, en cas de maladie ou d'accidents, le service médical et pharmaceutique gratuit, dans les limites fixées par l'article 4, paragraphe 2, de la loi du 9 avril 1898.

Deux autres lignes complètent le groupe de lignes qui doivent desservir Rosny. Elles sont désignées au projet sous la dénomination :

Villemomble-Vincennes, par Montreuil ;

Noisy-Rosny-sous-Bois, Villemomble ;

Les formalités préalables à la concession sont en cours.

Eaux. — La commune de Rosny-sous-Bois est alimentée en eau potable par la Compagnie générale des Eaux, avec laquelle elle a passé un traité pour 75 ans, à compter de la date d'approbation.

Cet acte a été signé le 1er mars 1872, en exécution d'une

délibération du Conseil municipal du 26 février précédent. Il a été approuvé le 23 mai suivant. Aux termes de ce traité, la Commune concède à la Compagnie générale des Eaux le privilège exclusif d'établir sous le sol des voies publiques communales des tuyaux de conduite d'eau.

L'eau est livrée, soit par écoulement continu de 24 heures à l'aide d'un appareil de jauge, soit dans l'espace de temps que la Compagnie juge convenable.

Voici le tarif d'après lequel l'eau est livrée :

150 litres par 24 heures, 25 francs par an.
250	—	40	—
500	—	75	—
1.000	—	120	—
1.500	—	170	—

et, pour toute quantité supérieure à 1.500 litres, à raison de 80 francs le mètre cube. Tout particulier, qui a un traité d'une durée d'au moins 5 ans, peut interrompre sa fourniture d'eau pendant les 6 mois d'hiver (du 1er novembre au 1er mai) et reporter sur les 6 mois d'été (du 1er mai au 1er novembre) les économies ainsi réalisées.

Dans ce cas, toutefois, la Compagnie augmente d'un dixième le tarif ci-dessus.

L'eau fournie pour les besoins communaux, quels qu'ils soient, est payée d'après le même tarif, réduit de 5 %.

La somme dépensée par la commune pour la fourniture d'eau, en 1898, s'est élevée à 1.254 fr. 55.

Nous devons ajouter que le contrat stipule en outre qu'après 20 ans d'exploitation, la Compagnie fournira gratuitement à la commune, par jour, la quantité d'eau initialement souscrite par elle, soit 7.000 litres.

A l'expiration du même laps de temps, toute l'eau dont la commune pourra avoir avoir besoin en sus de celle livrée gratuitement sera payée 30 francs le mètre cube.

L'eau ainsi vendue à la commune ne pourra être employée à d'autres usages qu'à l'alimentation de fontaines monumentales, de bouches d'eau pour le nettoyage des voies publiques et enfin pour le service des établissements municipaux, c'est-à-dire de la mairie, des écoles, du presbytère, des asiles et du lavoir. Cependant, dans le cas où le service qui alimente la fontaine de la place de l'Église viendrait à faire défaut, la Compagnie alimenterait cette fontaine où viendraient puiser, à des heures déterminées, les habitants désignés par le Conseil municipal et le Bureau de bienfaisance.

Le service des bouches d'eau est fait chaque jour de 8 à 9 heures du matin.

Enfin, en cas de sinistre dans la commune, la Compagnie doit mettre, sans pouvoir réclamer aucune indemnité, l'eau de ses réservoirs à la disposition de l'autorité communale. Elle doit faire en outre fonctionner gratuitement ses machines s'il est besoin d'augmenter le volume d'eau.

Les bornes-fontaines sont au nombre de deux.

Les bouches d'eau sont au nombre de treize, et, par délibération du 1er juin 1899, il a été décidé que quatre nouvelles bouches seraient établies.

La Compagnie générale des Eaux a été, en outre, autorisée à poser sous les voies publiques une canalisation qui conduit l'eau de son usine de Neuilly-sur-Marne aux différentes communes de l'Est et du Nord de Paris qu'elle dessert.

Éclairage. — La municipalité, en exécution d'une délibération du 12 février 1882, a traité avec M. Ch. Georgi et Cie pour l'éclairage de la commune, suivant acte du 15 février 1882, approuvé le 24 juillet suivant.

La concession, qui a commencé le 1er janvier 1883, est faite pour 48 ans et doit expirer le 1er octobre 1931.

L'usine de la Société est située sur le territoire de Neuilly-sur-Marne.

L'abonnement pour les particuliers est d'un an au moins. Le gaz leur est fourni au moyen de compteurs. Il est payé, depuis 1888, à raison de o fr. 33 le mètre cube. Le contrat portait en effet que le prix primitivement fixé à o fr. 35 le mètre cube serait réduit de o fr. 02 quand la recette totale atteindrait 20.000 francs. Pour le chauffage et la cuisine, le gaz est fourni sans interruption et à toute heure. Pour l'éclairage, il n'est fourni que du coucher du soleil à minuit; pour l'obtenir en dehors de ces heures, les abonnés doivent prévenir la Compagnie au plus tard à 6 heures du soir. Elle est tenue d'obtempérer à leur demande.

La Compagnie met à la disposition des abonnés des compteurs et des appareils de chauffage en location; elle établit en outre les branchements extérieurs aux prix adoptés par la Ville de Paris.

En ce qui concerne l'éclairage public, il se fait au moyen de becs régulateurs, dits papillons; la Société se charge de l'allumage, de l'entretien et des réparations.

La durée de l'éclairage ne peut être inférieure à 3 heures par bec; la consommation annuelle d'un bec ne peut être inférieure à 600 heures et celle de la moyenne des becs à 80 heures.

L'éclairage des lanternes publiques, fixé par traité à o fr. 04 par bec et par heure, les becs dépensant 135 litres, a été réduit à o fr. 035 depuis 1888, époque à laquelle la recette totale a attein 20.000 francs.

Le prix du gaz fourni aux établissements municipaux et départementaux, fixé à o fr. 30 le mètre cube par le traité, et qui devait dans les mêmes conditions être réduit à o fr. 25, a été ramené à ce chiffre en vertu d'une convention en date du 28 juin 1882.

Le contrat stipule enfin qu'à l'expiration de la concessiont la commune deviendra propriétaire, moyennant indemnité fixé, à dire d'experts, de la canalisation, des branchements, compteurs en location et de tout appareil existant sur la voie publique et dans les édifices municipaux. Elle en deviendrait propriétaire sans bourse délier si elle prorogeait la concession pour une durée de 15 ans.

Le nombre des becs existants sur la voie publique est de 90.

§ IV. — JUSTICE ET POLICE

Justice de paix. — La commune de Rosny-sous-Bois dépend de la justice de paix de Pantin.

Les audiences de conciliation ont lieu le mardi et les audiences publiques le vendredi, de 2 à 5 heures.

Officiers ministériels. — Il n'y a ni notaire, ni huissier dans la commune.

L'article 3 de la loi précitée du 12 avril 1893 dispose que, dans les communes de Rosny-sous-Bois et de Villemomble, les notaires de la circonscription de la justice de paix de Pantin exerceront leurs fonctions à l'exclusion de ceux de la circonscription de Vincennes qui exerçaient dans ces communes antérieurement à cette loi.

Par décret de la même date, la commune de Rosny-sous-Bois a été rattachée au 3e bureau des hypothèques de la Seine.

Commissariat et agents de police. — La commune dépend du commissariat de police des Lilas, ainsi qu'il a été dit au paragraphe « Territoire ». Aux termes du décret du 16 février 1892, relatif à l'organisation des commissariats de police du département de la Seine (Paris excepté), ce commissariat a dans sa circonscription les communes des Lilas, Bagnolet, Noisy-le-Sec, Romainville, Rosny-sous-Bois et Villemomble ; ces deux dernières communes depuis la loi du 12 avril 1893.

Il comprend un commissaire de police, un secrétaire, un brigadier et 26 sergents de ville.

D'après l'article 3 de la loi du 30 décembre 1873, ces dépenses sont couvertes par les recettes attribuées à chaque commune sur les produits de l'octroi de banlieue.

La proportion dans laquelle chaque commune contribue aux dépenses de police est fixée par le préfet du département de la Seine en Conseil de préfecture, conformément aux prescriptions de l'article 3 de la loi du 10 juin 1853.

La somme payée par Rosny en 1898 a été de 2.250 francs.

Gendarmerie. — Une brigade de gendarmerie à pied est stationnée dans la commune. Elle a son casernement rue de l'Église, n° 30, dans une maison louée par le département.

Cette brigade a dans sa circonscription Rosny et Villemomble.

Garde champêtre. — Il y a dans la commune deux gardes champêtres.

Messiers. — Sept messiers non rétribués sont nommés par le maire.

§ V. — CULTES

Paroisse. — Rosny-sous-Bois constitue une succursale dont le desservant reçoit un traitement annuel de 1.100 francs.

Budget de la fabrique. — Voici, d'après le compte de 1898, la situation financière de cet établissement :

RECETTES

Produit des rentes, avec ou sans fondations	431 »
Produit total de la location des bancs et chaises. . .	500,30
Produit de la location des bancs placés dans l'église	590 »
Produit des quêtes faites pour les frais du culte . .	673,90
Produit des troncs placés pour le même objet	1,45
Part revenant à la fabrique sur les droits perçus sur les services :	
Mariages	155,75
Convois	560 »
Produit des frais d'inhumation :	
Monopole ou remise des pompes funèbres.	659,05
Produit de la cire revenant à la fabrique.	433 »
Total	4.004,45

DÉPENSES

Dépenses de sacristie.	430,15
Frais d'entretien des objets et mobilier nécessaires au service du culte (achats)	151 »
Honoraires des prédicateurs.	150 »
Chœur de chant, maîtrise et employés de l'église. .	1.825,50
Entretien de l'église et du presbytère.	62 »
Supplément de traitement à M. le Curé	350 »
Charges des fondations.	254 »
Charges générales des biens	20,50
Frais d'administration	60 »
Dixième du produit net de la location des bancs et chaises	95 »
Dépenses imprévues	34,70
Frais de location pour services funèbres.	15 »
Total	3.447,85

Recettes	4.004,45
Dépenses.	3.447,35
Excédent de recettes. .	557,10

Fondations. — Fondation Jolly : Douze messes par an.
Anonyme. — Une messe par an.

Fondations Cavaré. — Par acte notarié du 15 mars 1880,
Marie-Paul Cavaré a donné à la fabrique de l'église de Rosny, en

exécution du testament de Mme Cavaré, une somme de 2.400 francs pour fondation de 24 messes par an. L'acceptation a été autorisée par décret du 31 mars 1881 et le capital qui a été placé en rentes sur l'État produit 120 francs par an.

En outre, par testament olographe du 17 février 1892, Marie-Paul Cavaré a légué à la fabrique une somme de 1.000 francs à charge de faire dire 4 messes par an à son intention.

M. Cavaré est décédé le 23 décembre 1898.

L'acceptation de ce legs n'a pas encore été autorisée.

Fondation Gregy. — Par testament olographe, en date du 15 janvier 1894, Marie-Geneviève-Angéline Épaulard, veuve en premières noces de Louis Gardebled et en deuxièmes noces d'Étienne-Lucie Gregy, a légué à la fabrique de l'église de Rosny 100 francs de rente 3 % à employer chaque année de la manière suivante :

60 francs pour dire 12 messes, une par mois, et pour recommander au prône un certain nombre de personnes désignées par la testatrice ;

40 francs pour l'entretien de l'église, comme ornement ou tapisserie.   .

Mme veuve Gregy est décédée le 18 juillet 1898 ; l'acceptation de ce legs a été autorisée par arrêté préfectoral du 16 juin 1899.

Congrégations. — Les sœurs de la congrégation de la Providence de Portieux, au nombre de quatre, dirigent, rue de Neuilly, n° 31, une école privée de filles,

§ VI. — SERVICES DIVERS

Poste, télégraphe, téléphone. — Le bureau de poste est situé rue de Neuilly, n° 35.

Dans ce bureau, fonctionne le service télégraphique. En outre, il existe une cabine téléphonique ouverte au public.

Le bureau est ouvert tous les jours, de 7 heures du matin à 9 heures du soir, en été, c'est-à-dire du 1er mars au 31 octobre, et de 8 heures du matin à 9 heures du soir en hiver, c'est-à-dire du 1er novembre au 28 février.

Pour que le bureau soit ainsi ouvert sans interruption, jusqu'à 9 heures du soir, la commune paye à la receveuse des postes une indemnité annuelle de 400 francs.

Une somme de 500 francs figure au budget pour indemnité au porteur de dépêches.

Le service est fait par une receveuse et trois facteurs.

On fait trois distributions par jour.

Il existe dans la commune quatre boîtes aux lettres, y compris celle du bureau de poste. Ces boîtes se trouvent : l'une, rue de Villemomble ; l'autre, rue de Neuilly, 55, et la 3e à Beauséjour.

Caisse nationale d'épargne (postale). — Voici le résumé des opérations effectuées en 1898, à Rosny-sous-Bois, par la Caisse nationale d'épargne postale :

120 livrets nouveaux ont été délivrés, représentant une somme de 12.275 fr. 50.

1.303 versements ont été effectués sur des livrets pris antérieurement. Le montant de ces versements s'élève à 84.882 fr. 07.

Le nombre des remboursements s'est élevé à 367, représentant une somme de 95.031 fr. 66.

Sapeurs-pompiers. — La subdivision des sapeurs-pompiers de Rosny-sous-Bois comprend : un sous-lieutenant, un sergent, un sergent fourrier, deux caporaux, deux clairons et sept sapeurs.

Voici les dépenses qui figurent au compte de 1898 pour les sapeurs-pompiers :

Soldes des tambours et clairons	80 »
Rachat de la prestation individuelle des pompiers	80,50
Entretien des pompes et accessoires	51,28

Le matériel de secours comprend deux pompes et un dévidoir, dont l'une est remisée dans un local dépendant de l'école de garçons et l'autre, ainsi que le dévidoir, est remisée place Carnot dans un local dépendant de l'école maternelle.

La commune, qui a contracté une assurance des propriétés communales à la Société d'assurances mutuelles de la Seine et Seine-et-Oise, et qui paye, de ce chef, une prime annuelle de 84 fr. 15, a reçu de cette Société, en 1898, une subvention de 100 francs pour le matériel et les agrès.

Le montant des subventions reçues par la commune pour le même objet depuis 1878 s'élève à 1.025 francs.

En outre, les deux pompes appartenant à la commune sont entretenues aux frais de cette Société.

Marché. — Depuis le 1ᵉʳ novembre 1895, un marché sous abris mobiles se tient rue de Nogent, près de la gare, les mercredis et samedis, de 7 heures du matin à 2 heures de l'après-midi. La commune en a concédé l'exploitation, par acte du 20 août 1895, approuvé le 30 janvier 1896, pour une durée de 15 ans à compter du 1ᵉʳ novembre 1895.

Le concessionnaire perçoit des droits fixés d'après le tarif ci-dessous :

0 fr. 15 par mètre courant non couvert ;
0 fr. 15   —   carré couvert ;
0 fr. 20 pour une table ;
0 fr. 10 et 0 fr. 15 par panier, suivant que ses dimensions excèdent ou non 0 m. 40 ;
0 fr. 20 par voiture attelée ;
0 fr. 10   —   à bras.

Le concessionnaire paye à la commune une redevance calculée d'après le nombre de places occupant 4 mètres carrés couverts ou 4 mètres de longueur non couverts :

De 20 à 24 places . . . . . .   150 » par an.
De 25 à 29   —   . . . . . .   200 »   —
De 30 à 39   —   . . . . . .   400 »   —
Pour 40 places et au-dessus .   500 »   —

En 1898, la somme perçue par la commune s'est élevée à 400 francs.

Voici la statistique du nombre des marchands et celle des marchandises introduites en 1898 :

Nombre de marchands	MARCHANDISES INTRODUITES					
	Poissons	Volailles et gibiers	Viande	Beurre œufs fromages	Fruits et légumes	Objets divers
	kilogr.	kilogr.	kilogr.	kilogr.	kilogr.	kilogr.
35	8.000	12.000	25.000	15.000	60.000	8.000

Lavoir. — Ainsi qu'on l'a dit au paragraphe « Domaine », la commune a établi un lavoir. L'exploitation de cet établissement a été donnée à bail à un concessionnaire pour une durée de trois ans et moyennant une redevance annuelle de 800 francs, suivant déli-

bération du Conseil municipal en date du 20 décembre 1896,
approuvée le 13 janvier suivant.

Voici le tarif que le concessionnaire est autorisé à appliquer :

1 place par 1/2 journée	o fr. 10
1 seau d'eau chaude	o fr. o5
1 seau de lessive.	o fr. 10
Droit d'étendage sur 18 mètres de corde pour 1 jour	o fr. 15
Location d'un baquet.	o fr. o5

La commune paye un abonnement de 18.000 litres d'eau par
jour pour le service du lavoir.

Pompes funèbres. — La fabrique exploite elle-même son mono-
pole. Cependant, comme elle ne possède en propre que le matériel nécessaire aux besoins d'un service restreint, et dans le but
d'assurer aux familles la fourniture d'un matériel qu'elle n'a pas
jugé à propos d'acquérir, elle a passé une convention à la date du
1er juin 1891, avec l'entreprise des Pompes funèbres générales dont
le siège est boulevard Richard-Lenoir, 66.

Aux termes de cet acte, la fabrique reconnaît l'entreprise des
Pompes funèbres générales comme son seul et unique concessionnaire pour toutes les fournitures que les familles pourront
demander en dehors du matériel appartenant à l'église. Elle lui
concède, par cet acte, notamment la fourniture des corbillards,
celles des tentures quand celles de l'église ne seront pas employées,
et celles des cercueils toutes les fois que les familles ne voudront
pas avoir recours aux menuisiers de la commune.

L'entreprise, de son côté, s'engage à fournir, sauf le cas d'épi-
démie, le matériel nécessaire aux convois quand les familles le
demanderont, et ce, aux prix et conditions d'un tarif général établi par elle et annexé à la convention.

Sur les prix de ce tarif, et après avoir prélevé le salaire du
personnel (ordonnateur et porteurs), les déplacements de ses agents
hors de la commune, le prix des fourgons et des transports (ce
genre de fournitures n'étant pas monopolisé), l'entreprise s'engage
à payer, à la fabrique, au moyen de règlements mensuels : 50 %
sur les fournitures en location (corbillards et tentures en 1re, 2e,
3e, 4e, 5e et 6e classe d'adultes, en 1re et 2e classe d'enfants);
10 % sur les locations en 7e classe d'adultes ; 10 % sur les cercueils
et berlines de deuil faisant cortège et leurs accessoires.

Cette convention a été conclue pour un an. Mais elle contient une clause aux termes de laquelle elle se continuera d'année en année par tacite reconduction jusqu'à dénonciation par l'une ou l'autre des parties, dénonciation qui devra avoir lieu 6 mois avant l'expiration de la période en cours.

Il convient d'ajouter que cette convention n'a pas été approuvée par l'autorité préfectorale.

Les fournitures sont donc faites par la fabrique qui possède un matériel, par l'entreprise des Pompes funèbres représentant la fabrique quand ce matériel ne suffit pas. Les cercueils seuls sont fournis librement par les menuisiers de la commune; à leur défaut, par l'entreprise représentant la fabrique.

Il n'existe pas de tarif approuvé, ni pour la cérémonie religieuse ni pour les fournitures relatives aux transports des corps.

Les commandes sont reçues par le curé à l'église ou au presbytère.

Le transport des corps, dans la plupart des cas, se fait à bras par les soins des familles qui y pourvoient comme elles entendent. Dans les autres cas, les porteurs et le corbillard sont fournis par l'entreprise.

En ce qui concerne le fossoyeur, il est nommé par le maire. Cet agent est payé à raison de 3 francs pour une fosse d'enfant et de 5 francs pour une fosse d'adulte. Ces sommes sont versées par les familles à la mairie.

Les frais d'inhumation des indigents sont payés par la commune. Dans ces cas, le prix de la fosse est le suivant: 2 francs pour un enfant et 3 francs pour un adulte.

Bureau de tabac.— Il existe dans la commune un seul bureau de tabac.

Il est situé rue de Neuilly, nº 8.

Bibliothèque municipale.— Néant.

Archives de la commune.— Les archives de la commune contiennent:

1º Les registres paroissiaux, du 1er janvier 1619 à 1789 (sans lacune);

2º Des registres de l'état civil depuis 1789;

3º Des registres des délibérations depuis 1791, sauf deux lacunes de 1793 à 1797 et de 1834 à 1835.

Ces registres sont reliés et en bon état.

§ III.— PERSONNEL COMMUNAL

NOMBRE	EMPLOI	TRAITEMENT
1	Médecin de l'état civil et du Bureau de bienfaisance......	450 francs
1	Secrétaire de la mairie (logé)...........................	3.000 —
1	Employé de la mairie	600 —
1	Concierge de la mairie (logé)..........................	150 —
1	Receveur municipal (emploi occupé par le percepteur de Montreuil)......................................	1.911 —
1	Architecte (pas de traitement), 5 % sur le montant des travaux	»
1	Agent voyer..	400 —
2	Cantonniers communaux (logés), chacun...............	1.300 —
4	Cantonniers vicinaux (non logés), chacun..............	1.260 —
2	Gardes champêtres (tous deux logés) dont l'un a........	1.200 —
	L'autre ayant 900 francs comme appariteur et 400 francs comme garde champêtre, soit.......................	1.300 —
1	Gardien du cimetière (emploi occupé par l'un des gardes champêtres)..	50 —
3	Concierges et femmes de service dans les écoles :	
	1 à l'école maternelle...............................	500 —
	1 à l'école de garçons................... ...	260 —
	1 à l'école de filles...........	200 —
1	Balayeur..	600 —

III. — RENSEIGNEMENTS DIVERS

Fêtes locales et foires. — Chaque année, un comité privé organise une fête, dite fête printanière. Elle a lieu du dimanche qui précède l'Ascension au dimanche suivant et se tient place du Gymnase. Une somme de 200 francs figure au budget communal à titre de subvention à ce comité.

La fête communale a lieu les deux derniers dimanches de juillet.

A cette occasion, les établissements des forains sont installés place Carnot ; c'est là aussi qu'ont lieu les réjouissances publiques.

Courses de chevaux. — Néant.

Principales industries. — Rosny-sous-Bois est avant tout un pays de villégiature.

On verra, en outre, par le tableau ci-dessous, que la plus grande partie du territoire de la commune est consacrée à la culture.

A l'Est de la commune, au pied du fort, se trouvent deux carrières à plâtre qui occupent d'une manière continue 15 ouvriers, dont 9 à l'extérieur.

Il existe aussi une carrière d'argile exploitée à ciel ouvert. Elle occupe un seul ouvrier.

Non loin de ces carrières, se trouvent des champignonnières.

Commerce et productions du pays. — Les seules productions du pays sont les productions agricoles. Rosny rivalise avec Montreuil pour la culture de la pêche.

Les productions agricoles se répartissent comme suit par rapport à la superficie du territoire de la commune :

SUPERFICIE DU TERRITOIRE : Totale... 629. — Agricole... 487. — Non agricole... 142

CULTURES LABOURABLES											CULTURE FOURRA-GÈRE		ARBORICULTURE				HORTICULTURE		VITICULTURE
Froment	Avoine	Haricots	Pommes de terre alimentaire	Carottes	Choux	Asperges	Oignons Poireaux	Oseille Persil	Chicorée Pissenlit	Divers	Luzerne	Divers	Pommiers Poiriers	Pêchers Abricotiers	Pruniers Cerisiers	Framboisiers Cassissiers Groseilliers	Potagère maraîchère pour la vente	Parcs de plaisance pour la famille	
9	15	10	55	12	110	50	28	22	36	17	8	6	37	3	7	9	8	5	40
364											14		56				13		40

487 hectares

Rendement moyen par hectare ensemencé :

Froment.	32	hectolitres
Avoine.	55	—
Pommes de terre alimentaires	150	—
Betteraves fourragères.	500	—

Écoles libres.— Il existe, rue de Neuilly, n° 31, une école primaire spéciale aux filles et dirigée, ainsi qu'on l'a dit p. 70, par quatre sœurs de la Providence de Portieux.

Cette école, qui comprend trois classes primaires élémentaires, a été fréquentée pendant l'année scolaire 1897-1898 par 63 filles âgées de 6 à 13 ans au 1er janvier de l'année scolaire et 4 ayant plus de 13 ans à la même date.

60 élèves étaient présentes à l'école le 4 décembre 1897, et 62 le 4 juin 1898.

Pendant le courant de l'année scolaire, 4 élèves ont fréquenté une autre école.

L'établissement est dirigé par une institutrice et deux adjointes.

Rue de Neuilly, n° 153, un établissement privé laïque d'enseignement, connu sous le nom d'établissement Fontaine, a été ouvert en 1896. •

Établissements privés de bienfaisance. — Néant.

Sociétés diverses. — Il y a à Rosny une fanfare qui comprend vingt membres, payant une cotisation mensuelle de o fr. 5o ; elle a été créée en 1878. Elle a son stand, rue de Villemomble, n° 3.

Une Société dite « Union artistique », qui organise des soirées musicales. Elle comprend quarante membres, payant une cotisation mensuelle de 1 franc ; elle a été fondée en 1893 et se réunit au Gymnase.

Une Société de gymnastique et de tir, fondée en 1882, ne fonctionne pas en ce moment.

Une Société d'arbalétriers comprenant quarante membres et une Société de tir à l'arc qui en a un nombre à peu près égal à la précédente. Les sociétaires payent une cotisation mensuelle de o fr. 5o ; la première se réunit route de Villemomble, et la seconde, n° 22, avenue de la République.

Enfin une Société, dite « Association de cultivateurs de Rosny-sous-Bois », mérite une mention spéciale. Elle a été fondée en 1885 et autorisée par arrêté préfectoral du 14 novembre 1896. Elle a son siège, n° 11, rue de Paris, à Rosny.

Voici, d'après ses statuts revisés en 1895, son but et son organisation.

Son but est :

1° D'encourager la diffusion de tous les procédés utiles à la culture et de chercher à réaliser toutes les améliorations relatives aux travaux agricoles ;

2° De prendre les mesures nécessaires en vue de la suppression du maraudage dans la plaine.

L'Association est administrée par un Comité qui se réunit le premier dimanche de chaque trimestre, à 4 heures du soir. Ce Comité statue, entre autres, sur l'admission des candidats qui doivent être présentés par deux membres. Chaque nouvel adhérent paye un droit fixé tous les ans par l'assemblée générale.

En outre des adhérents, membres actifs, au nombre de 59, la Société admet des membres honoraires.

Ces derniers doivent avoir 5o ans, payer le droit d'admission et une cotisation annuelle de 6 francs. Ils sont au nombre de 32, dont 7 femmes, veuves de cultivateurs.

L'Association organise un service de surveillance des récoltes. C'est au président qu'incombe le soin de « commander la garde » suivant les besoins du service.

On n'est exempt de service qu'en cas de maladie grave. Toutefois, dans les autres cas, on peut se faire remplacer par un collègue.

Tout membre s'enivrant dans l'exercice de ses fonctions, dit l'article 18 des statuts, est passible d'une amende de 2 francs.

Les articles suivants, que nous reproduisons textuellement, fixent les devoirs des associés commandés de garde.

ART. 19.

Tout maraudeur rencontré en plaine muni d'objets tels que : sacs, paniers, etc., qu'il aurait déjà remplis de fruits ou légumes en tout ou en partie, sera mis en état d'arrestation et conduit, muni de son larcin, à la gendarmerie.

ART. 20.

Tout maraudeur n'ayant dérobé qu'un fruit ou légume ne constituant pas provision sera simplement chassé de la plaine ; sur récidive, il sera conduit à la gendarmerie.

ART. 21.

Toute personne ramassant des débris de récoltes quelconques sans écrit du propriétaire et le visa de la signature par la mairie sera considéré comme maraudant.

ART. 22.

Tout membre qui se rendrait coupable d'indiscipline en contrevenant aux dispositions relatives à l'exécution du présent règlement sera personnellement responsable de ses actes devant l'autorité judiciaire et sera révoqué de l'Association.

Néanmoins, si un acte de cette nature donnait lieu à des réparations dont l'Association serait responsable, elle se réserve son recours entier contre l'ex-membre délinquant.

A la suite d'une demande formulée par l'Association, dans une assemblée extraordinaire, tenue le 22 avril 1894, la municipalité a fait poser « deux bouches de puisage » avec compteur, l'une à l'intersection du chemin des Marais et de la route de Nogent, l'autre à la hauteur du lavoir, à l'angle des chemins des Marnaudes. La commune a souscrit à cet effet pour chaque bouche un abonnement d'un mètre cube d'eau par jour.

De son côté, l'Association a remboursé à la commune les frais d'établissement des deux bouches, qui se sont élevés à 1.000 francs environ; chaque année, elle verse aux mains du receveur municipal le prix de la concession et des excédents, s'il y a lieu, ainsi que les frais d'entretien ordinaires et extraordinaires.

L'adoption de cette mesure permet aux cultivateurs adhérents de bénéficier des prix faits à la commune par la Compagnie concessionnaire des eaux.

L'Association réglemente enfin, de la manière suivante, l'usage des bouches d'eau :

Tout membre, soit actif, soit honoraire, peut prendre de l'eau aux bouches de puisage; mais cette eau ne peut être employée qu'à l'arrosage des champs; les adhérents ne peuvent en aucun cas prêter les clefs servant à ouvrir les bouches, ni faire puiser de l'eau en leur nom par des personnes étrangères à l'Association.

Tout contrevenant aux dispositions qui précèdent est immédiatement rayé des contrôles de l'Association, sans préjudice des poursuites qui peuvent être exercées contre lui par la Compagnie concessionnaire.

La surveillance et la police des eaux est faite par les membres du Comité, les agents communaux, et par les agents de la Compagnie des Eaux.

C'est aux remboursements des avances ainsi faites par la commune que sont affectées, pour la presque totalité, les cotisations dont le chiffre est fixé d'après la dépense faite dans l'année pour le service des bouches de puisage.

En 1897, la dépense s'est élevée à 96 francs.

En cas de dissolution de l'Association, les travaux exécutés pour l'établissement des bouches de puisage deviendront la propriété de la commune.

Médecins, pharmaciens, vétérinaires, sages-femmes.— Il y a à Rosny deux médecins, deux pharmaciens, et trois sages-femmes.

Il n'y a pas de vétérinaire.

———

ANNEXES

CONSEIL MUNICIPAL (1900)

(Effectif légal : 21 membres)

MM. DESCROIX, Denis-Jean, maire.

MARTIN, Marie-René, adjoint.

DELGORGE, Victor-Joseph, adjoint.

GOUILLARD, Louis-Rose, conseiller municipal.

ESTIEU, Jean-Pierre-Hippolyte, conseiller.

MONTMOREAU, Émile-Léopold, conseiller.

BERTAUT, Adolphe-Louis conseiller.

GRÉGY, Marie-Adolphe, conseiller.

GOUILLIARD, Eugène-Rose, conseiller.

SAUTEREAU, Charles-Jean Baptiste, conseiller.

MM. BÉNARD, Louis-Marie, conseiller.

SULFOUR, Alphonse-Édouard, conseiller.

BUREAU, Alphonse-Marie, conseiller.

BOISSEAU, André-Pierre, conseiller.

BOURLOIS, Alfred, conseiller.

BROCANTEL, Damase-Ferdinand-Gaston, conseiller.

ÉPAULARD, Léopold-Désiré, conseiller.

LEGAL, Léon-Marc, conseiller.

ROBERT, Victor, conseiller.

DERBIER, Louis-François, conseiller.

DENIS, Louis-Servule-Georges, conseiller.

TARIF DES CONCESSIONS

DANS

LE CIMETIÈRE

(Délibération du 30 décembre 1899, approuvée le 17 février 1900)

———

CONCESSIONS PERPÉTUELLES

2 mètres superficiels.	300 fr.	»
3 —	600 fr.	»
3 m. 50 —	780 fr.	»
4 mètres —	990 fr.	»
4 m. 50 —	1.230 fr.	»
5 mètres —	1.530 fr.	»

CONCESSIONS TRENTENAIRES

2 mètres superficiels	90 fr.	»

CONCESSIONS TEMPORAIRES DE QUINZE ANS

2 mètres superficiels	30 fr.	»

CAVEAU PROVISOIRE
(Délibération du 3 août 1884, approuvée le 25 août suivant)

Tarif des droits perçus pour le dépôt des corps :

De 1 à 5 jours.	5 fr.	»
De 5 à 15 jours.	10 fr.	»
Pour chaque quinzaine à la suite.	10 fr.	»
Il est perçu, en outre, comme droit fixe pour chaque dépôt de corps	10 fr.	»
Pour retrait de corps et réinhumation.	12 fr.	»
Pour retrait de corps et transport à la sortie.	12 fr.	»

TARIF DES DROITS DE VOIRIE

(Délibérations des 12 août et 11 décembre 1877, approuvées le 10 décembre suivant)

─────

CONSTRUCTIONS NEUVES

Alignements : 1° d'un bâtiment en maçonnerie :

—	Rez-de-chaussée, par mètre de façade. .	3 fr. »
—	Chaque étage au-dessus, par mètre de façade.	o fr. 5o
—	2° d'un mur de clôture, par mètre de façade.	o fr. 75
—	3° de clôture en planches, par mètre de façade.	o fr. 25
—	4° de haies vives, sèches ou fossés, par mètre de façade.	o fr. 15
Exhaussement d'un étage, par mètre courant .		o fr. 5o
Conversion d'un mur de clôture en bâtiment ou en appentis, le mètre courant.		2 fr. 25
Exhaussement d'un mur de clôture, le mètre superficiel		o fr. 20
Revêtement en dalle, brique ou rocaille, le mètre courant.		o fr. 5o
Balcon, droit fixe		3 fr. »
Perron, droit fixe.		2 fr. »
Colonnes ou pilastres, droit fixe		3 fr. »
Marquise, droit fixe		1o fr. »
Tuyau de descente ou d'évier, droit fixe.		1 fr. »
Décrottoirs, droit fixe.		1 fr. »

Poulie ou moulinet, droit fixe.	3 fr.	»
Devanture de boutique, compris parpaing et auvent, droit fixe.	2 fr.	»
Croisées, persiennes ou grilles en saillie, droit fixe. .	1 fr.	»
Tableau, enseigne, écusson, affiche encadrée par des moulures en relief, droit fixe.	3 fr.	»
Auvent en bois ou en métal, le mètre courant. .	0 fr. 50	
Banne, le mètre courant.	1 fr.	»

Pour le remplacement des objets en saillie, il ne sera perçu que demi-droit.

Ouverture ou fermeture :

D'une croisée, soupirail, œil-de-bœuf, droit fixe .	2 fr.	»
D'une porte bâtarde, droit fixe	3 fr.	»
D'une porte cochère, droit fixe.	5 fr.	»*
D'une baie de boutique, le mètre courant.	2 fr.	»
Reconstruction partielle d'un mur de face, par étage et par mètre courant	0 fr. 50	
Reconstruction partielle d'une clôture, le mètre courant	0 fr. 50	
Ravalement d'un bâtiment, par mètre et par étage	0 fr. 20	
Ravalement d'un mur de clôture, le mètre courant	0 fr. 15	
Réfection d'un chaperon, le mètre courant	0 fr. 10	

Pose ou remplacement :

D'un poitrail, droit fixe.	3 fr.	»
D'un linteau, droit fixe.	1 fr.	»
De colonnes de fer, pile ou jambe étrière, droit fixe	3 fr.	»
Revêtement de soubassement, le mètre courant .	0 fr. 50	

DROITS DIVERS

Échafaudage ou barrière, après 24 heures de pose, le mètre courant	0 fr. 50	
Dépôt de matériaux, le mètre superficiel.	0 fr. 20	

NOTA.— On ne taxera pas moins d'un mètre, ni on ne comptera pas moins d'un mois.

TABLE

RENSEIGNEMENTS ADMINISTRATIFS

I. TOPOGRAPHIE, DÉMOGRAPHIE ET FINANCES

§ I. *Territoire et domaine*

§ II. *Démographie*

§ III. *Finances*

II. — SERVICES PUBLICS

§ I. *Bienfaisance*

§ II. *Enseignement*

§ III. *Voirie*

§ IV. *Justice et Police*

§ V. *Cultes*

§ VI. *Services divers*

§ VII. *Personnel communal*

III. — RENSEIGNEMENTS DIVERS

COMPOSÉ, IMPRIMÉ ET BROCHÉ
PAR LES PUPILLES DU DÉPARTEMENT DE LA SEINE,
ÉLÈVES DE L'ÉCOLE D'ALEMBERT
A MONTÉVRAIN

COMPARAISON

DE LA

POPULATION

ET DES

RECETTES ORDINAIRES

Relevées aux époques de Recensement

(1801 à 1896)

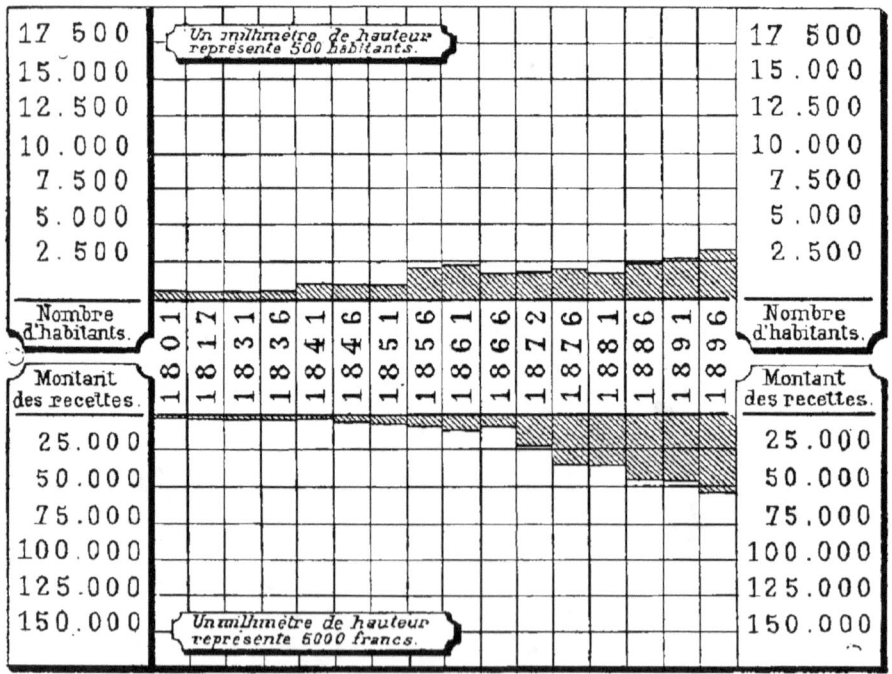

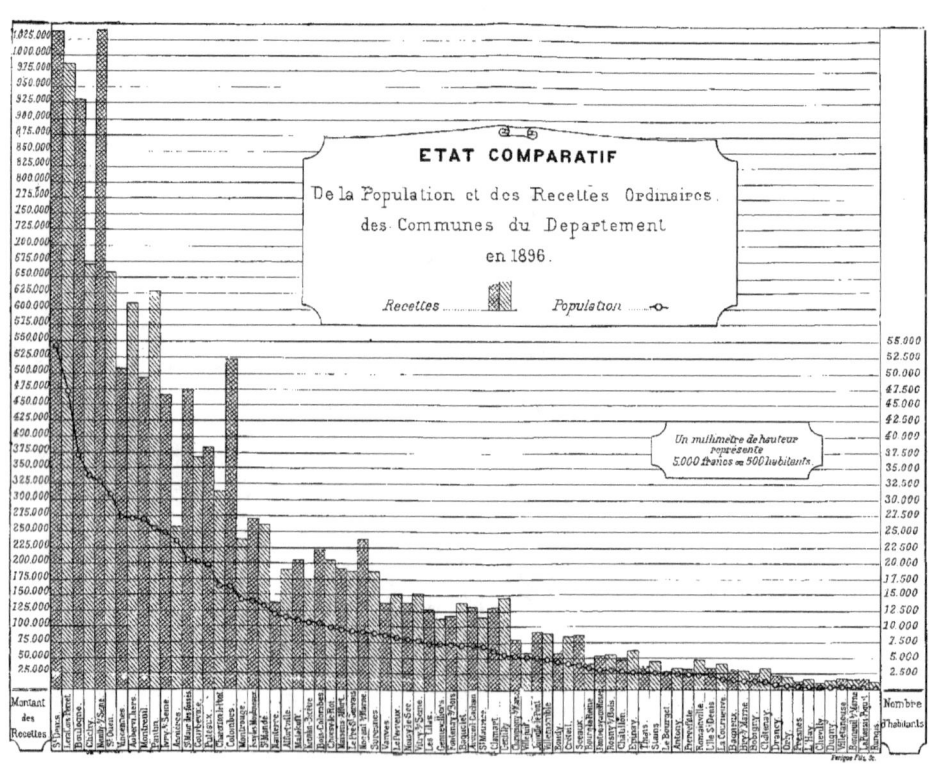

ETAT COMPARATIF

De la Population et des Recettes Ordinaires
des Communes du Departement
en 1896.

Recettes .... Population ....o

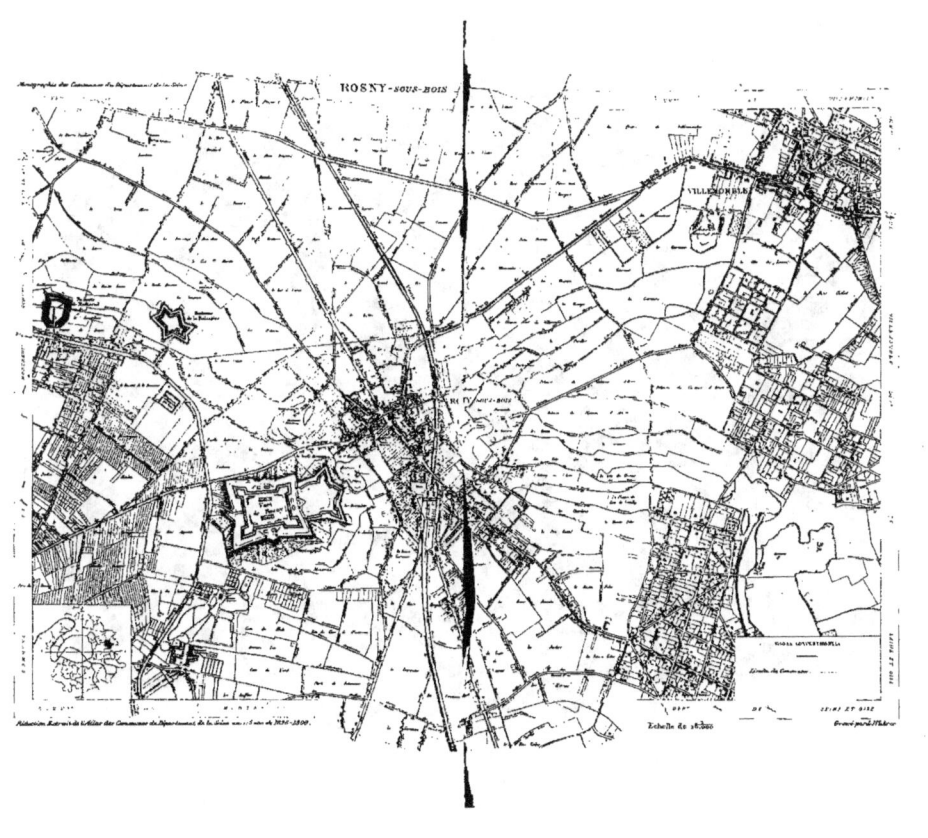

ROSNY-SOUS-BOIS

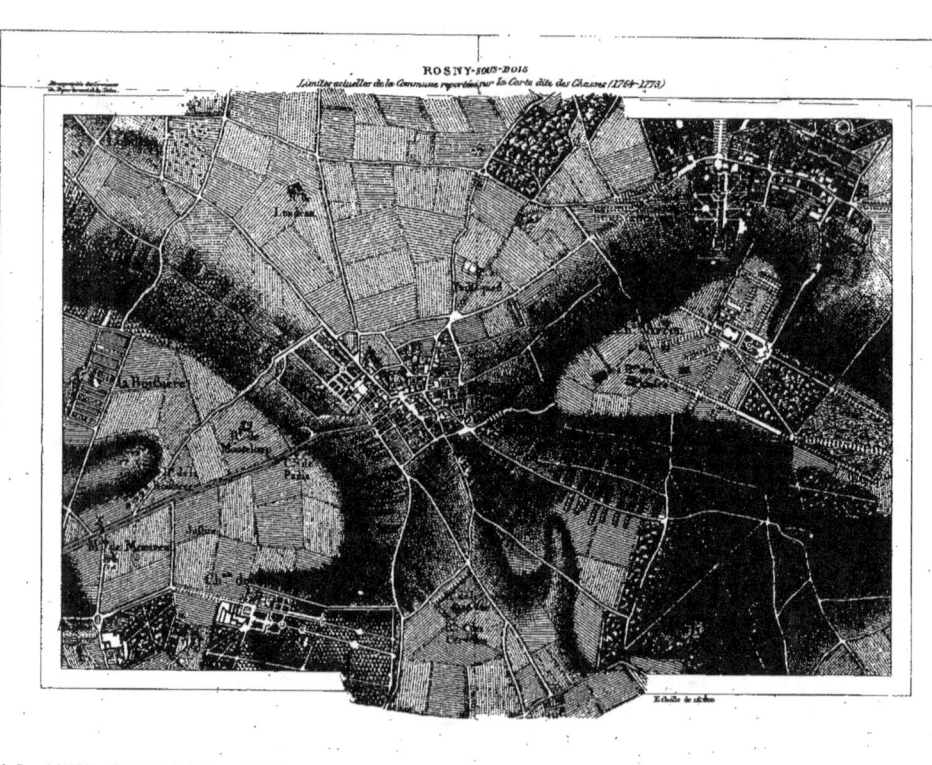

ROSNY-SOUS-BOIS

Limites actuelles de la Commune reportées sur la Carte dite des Chasses (1764-1773)

www.ingramcontent.com/pod-product-compliance
Lightning Source LLC
Chambersburg PA
CBHW070838280626
47161CB00015B/1909